Cinq couleurs
et autres histoires

Distribution:
Diffusion Prologue
1650, boul. Lionel-Bertrand
Boisbriand, Qc
J7H 1N7
Téléphone: (514) 434-0306
Télécopieur: (514) 434-2627

Mise en pages: Planète rebelle
Maquette de la couverture: C. Fleury
Illustration de la couverture: J. Jordaens, *Le roi boit* (détail)
Impression: Veilleux Impression à Demande inc.

Dépôt légal: 1997
Bibliothèque nationale du Québec
Bibliothèque nationale du Canada
ISBN: 2-9805796-0-2

Planète rebelle
C. P. 983, Succ. C
Montréal, Qc
H2L 4V2

André Lemelin

Cinq couleurs
et autres histoires

Planète rebelle

Sommaire

Les histoires de ce recueil ont déjà paru dans:

Complicités, collectif, Paje Éditeur, pour *L'enterrement blanc.*

Nouvelle fraîche nº 5 (1ᵉʳ prix du concours) pour *L'homme aux livres.*

La Revue STOP pour *L'amour jaune, le vrai* (Nᵒ 126), *Les mannequins mauves* (Nᵒ 120), *La ruelle rouge* (Nᵒ 122), *Noir Don Juan* (Nᵒ 124), *Je nous aime; tu t'en fous* (Nᵒ 8/9), *La maison* (Nᵒ 132), *La taverne de l'ennui* (Nᵒ 11/12), *Jeune fille en banlieue* (Nᵒ 116), *L'homme aux livres* (Nᵒ 128), *Le fou d'en bas* (Nᵒ 6), *One night stand* (Nᵒ 118) et *Un certain dimanche d'automne* (Nᵒ 114).

À Stanley P., Luce G., Jean Pierre G., Pascale P., Sonia P., Tony T., Sylvain F., Sylvie D., Sylvie V., Karen R., Céline V., Chantale F., Jean L., Reine B., Louise D., Jean-Paul L., Yannick G. et tous les autres...

Cinq couleurs

L'amour jaune, le vrai
Drame de campagne

Yvette faisait le lavage, la vaisselle, torchait le dernier, consolait Noëlla, criait après Luc. Ne s'occupait plus de Marcel qui était parti depuis deux mois…

Yvette qui avait une douzième année terminée plus par dépit que par plaisir, car l'école, dans son village, ça donnait rien. Aussi bête que ça. Rien, parce que les jobs, c'étaient des jobs de serveuses, de caissières, de gardiennes, de secrétaires manquées, ou des jobs de femmes à la maison. Ah! Pis que pour faire toutes ces jobs, c'est plus un renoncement au bonheur qui était nécessaire qu'un diplôme de secondaire cinq. L'avenir, dans cette région, dans les régions, était aussi nul qu'une multiplication par zéro. Pas d'avenir, pas d'espoir, seule une bad-luck pouvait vous en sortir, comme une maladie rare…

Douze ans à étudier le français et l'emploi du subjonctif dans la phrase complexe, les mathématiques et la racine carrée, l'anglais *when I will be able to speak with you* pis y avait même pas un ostie d'Anglais dans le village, la géographie des Appalaches et les couches de calcaire, la biologie des souris, la chimie des éprouvettes, les cours de religion stupides…

Et les cours d'éducation physique? C'est là qu'Yvette a baisé pour la première fois. En secondaire deux. Dans l'arrière-salle du gymnase. Ils étaient quatre contre elle. Elle n'a pas résisté: relève la robe, baisse la culotte, couche-toi pis ta gueule sinon on le dit à ta mère que t'as couché avec nous quatre. Imaginez! Après, ils ont remonté les zippers, elle a replacé la culotte, s'est essuyé la bouche du revers de l'avant-bras et les a suivis. Le professeur avait crié: «Vous l'avez trouvé, ce ballon? Allez! Au jeu!»

Ce n'était pas la première fois que Marcel et ses amis s'envoyaient en l'air avec une fille. Mais aussi facile qu'avec Yvette, jamais ils n'avaient vu ça. Juste une petite menace et la voilà qui relevait sa jupe. D'habitude, il fallait brasser la fille, y aller progressivement, s'imposer et elle craquait. Alors, avec Marcel en tête, ils baissaient leur pantalon et attendaient leur tour.

Puis juin arriva. C'était l'été. Les vacances. Beaucoup de monde partait. Oh! pas loin, bien sûr, au chalet, chez mon oncle un tel, et les plus chanceux allaient dans le camp de vacances du village voisin.

Yvette resta chez elle. Marcel resta chez lui. Ils avaient tous les deux quatorze ou quinze ans. Ce jour-là, Marcel avait attendu près de la maison des parents d'Yvette. Il avait attendu et elle arriva. Il traversa la rue et l'arrêta: «Viens, faut que je te montre quelque chose.» Yvette l'avait suivi. Ils arrivèrent au terrain vague à l'odeur envahissante, sauvage, parsemé de fleurs jaunes. Yvette dépassa Marcel, s'arrêta, se retourna, baissa son pantalon et se coucha. Ça avait duré quatre secondes exactement.

Yvette attendait en dessous.

Marcel était couché sur elle, avait les yeux fermés et voyait des étoiles. Comme ça, ils étaient restés dix minutes. Puis Marcel sentit qu'il durcissait de nouveau. Lentement, très lentement. Alors, il commença à bouger. Lentement, puis plus vite. Cette deuxième fois, il l'avait fait pendant dix minutes. *Dix bonnes minutes.*

Yvette n'avait rien senti, d'abord. Quatre secondes et c'était fini. Même pas eu le temps d'avoir mal. Mais la deuxième fois, ça avait été autre chose. Il avait commencé à bouger lentement. Elle ne comprenait pas trop. Puis, ces frottements contre elle, ces frottements contre son sexe, c'était bon. Et c'était mieux lorsqu'elle prenait ses fesses à lui et lui imposait un mouvement plus frotté, «longuement plus frotté» qu'elle lui disait. Il frottait alors plus longuement. *Ses fesses à lui.* Elle déboutonna sa chemise et se caressa les seins. Elle eut chaud. Très chaud. Et elle sentit son corps brûler. Puis Yvette jouit. Très fort. Très longtemps. Ça n'arrêtait plus d'être bon. Et elle vit à son tour des étoiles et elle cria des OUI! à rendre sourd Marcel.

L'été se termina. Ils couchaient régulièrement ensemble.

Lorsque l'école recommença, en septembre, il avertit ses chums: pas touche à Yvette. Elle était à lui, propriété privée comme disait le prof d'histoire.

Mais ses chums avaient d'autres plans pour Yvette. Ils jurèrent de ne rien dire à sa mère à propos de Marcel; elle se déshabilla donc et se laissa faire. *Et elle avait eu chaud. Son visage et son corps s'étaient couverts de sueur. Son esprit était devenu de plus en plus confus. Des choses s'étaient faites et elle n'avait plus su qui d'eux ou d'elle les avaient initiées. Elle avait rêvé d'une baignade sous les cascades et d'un ciel bleu et chaud.* Yvette ouvrit les yeux et les trois garçons étaient déjà rhabillés. Ils riaient entre eux. Elle comprit qu'elle avait joui si fort qu'elle avait fait un voyage dans le temps et dans l'oubli. Un détour dans le vide. Un black-out. Un anéantissement. Un… Elle s'en voulut très fort parce que son corps lui avait désobéi: il avait aimé ça alors que son esprit restait empêtré dans la honte.

Marcel continuait, avec ses copains, de trousser les filles. Tant qu'Yvette ne le savait pas, pensait-il, ça irait.

Puis le temps passa, car c'est la seule chose que le temps sait faire.

Yvette tomba enceinte à la fin de l'année scolaire. Elle désigna Marcel comme père. Il y eut de grandes chicanes entre les parents, les professeurs et le curé de la place. C'est ce dernier qui décida: Yvette accoucherait et Marcel travaillerait.

Marcel laissa l'école pour pêcher sur le bateau de son père. Il était content et puis, de toute façon, c'était écrit dans son destin. Alors Marcel pêcha le poisson en mer et commença à amasser de l'argent.

Yvette accoucha pendant l'été.

Le temps passa encore et Marcel, l'année suivante, avait ramassé assez d'argent pour qu'Yvette et lui aillent demeurer en appartement. Le mariage suivit au mois de mai. Au mois de juin, Yvette termina sa douzième année avec la moyenne.

Un mariage un premier mai!

Elle était contente de partir de l'école car elle ne verrait plus les anciens amis de Marcel. Depuis son accouchement, ils l'avaient menacée plusieurs fois.

Deux autres années passèrent et avec elles deux nouveau-nés s'ajoutèrent à la famille. Ça en faisait maintenant trois: un an, deux ans et trois ans. Et Marcel qui s'absentait de plus en plus de la maison. Qui buvait de plus en plus. Qui découchait un, deux, trois soirs de suite.

Les anciens amis de Marcel, et beaucoup d'autres, en profitèrent... Profitèrent des absences de Marcel. C'était devenu dangereux que Marcel apprenne que d'autres... Pour 100 $... Dangereux qu'elle soit obligée d'avouer à Marcel qu'il n'était probablement pas le père de ses enfants.

Marcel voyait Francine toutes les fins de semaine à l'hôtel du Rocher. Ça avait commencé comme n'importe quelle histoire banale: après la pêche, la bière. Et puis, fallait commander la bière et c'est Francine qui la servait. Francine avait un corps de déesse. Tous les hommes n'en avaient que pour elle et, d'ailleurs, ils pouvaient la sauter s'ils étaient prêts à payer le prix. Ce qu'ils avaient fait en majorité au moins une fois. Marcel, lui, c'était de plus en plus souvent, au point qu'il n'avait plus assez d'argent... Plein de dettes à craquer. Histoire banale.

Alors, pour faire changer les choses et jaser les hommes, Francine partit et personne ne la revit jamais. Tous conclurent qu'elle avait fait assez d'argent et c'était le cas. Plein d'argent et de la honte pour la moitié des hommes. L'autre moitié était tellement usée que l'humiliation ne les touchait même plus. Durs comme pierre. Durs et vides.

Marcel s'essaya avec les danseuses mais les nouvelles refusaient ses avances. Yvette le revit donc plus souvent à la maison. Ils couchèrent ensemble. Le téléphone sonnait souvent mais jamais personne au bout de la ligne. *Maudit crisse!* Ne couchèrent plus ensemble. S'engueulèrent. Se menacèrent. Se frappèrent. Et décidèrent de divorcer. Bientôt.

Puis, un matin, Marcel fit monter dans sa voiture une femme qui faisait les cent pas. Les pas de grue: *chorégraphie en forme d'invitation sexuelle*. Elle s'appelait Françoise. À la première avance de Marcel, elle mit les choses au point: oui, il pouvait l'avoir mais ça lui coûterait cher. Marcel commença à fréquenter Françoise qui se donnait contre une partie de sa paye. C'est à cette époque qu'il laissa sa famille. Refusa le divorce. Multiplia les visites imprévues à la maison. Se retrouva derrière les barreaux à la suite d'une plainte d'Yvette. Se retrouva une deuxième fois en prison. Puis une énième fois. Gaspillait sa jeunesse, et celle des autres. Avait tué l'innocence à coups d'insensibilité et d'égoïsme. Et avait frémi. Oui, pour la première fois, il avait tremblé à la pensée de la solitude. Ce trou béant qui vous avale lorsque vous vous regardez dans le miroir et que vous n'y voyez rien.

Au bout de deux mois, ce qui devait arriver arriva. Françoise avait délesté Marcel de toutes ses économies. Il avait même vendu sa voiture. Il était à sec et elle le foutait à la porte. *À la porte!* Il menaça Françoise. Elle partit à rire. Il n'était qu'un triple raté. Avait foutu sa vie en l'air. Il la gifla sec. Elle le regarda droit dans les yeux et lui dit:

«Un triple raté. La moitié du village a baisé avec ta femme, pauvre con.» Marcel devint blême. «Un triple raté. Comment tu penses qu'elle fait pour vivre, ta Yvette, depuis que t'es plus là?» Marcel poussa violemment Françoise contre le mur et elle s'écroula par terre. Une tache de sang montrait l'endroit où la tête avait cogné.

Marcel fonça chez Yvette. Ce n'était pas possible…

La porte n'était pas verrouillée. Il entra et s'arrêta pour reprendre son souffle. Ça lui prit quelques secondes pour les remarquer. Une paire de bottes d'homme. Il se dirigea machinalement vers la chambre à coucher: vide. Seul le plus jeune dormait dans son berceau. Il alla au salon: Luc regardait la télévision. Noëlla jouait avec une poupée dans la chambre d'enfant. Sans s'arrêter, Marcel descendit au sous-sol. Il longea le corridor et arriva à la salle de jeux. Il ouvrit la porte: Yvette était couchée avec un homme. Elle était sur lui et le chevauchait. Si bien, si vite, avec tant de vérité, d'assurance, de volonté. *Avec tant de plaisir!* Marcel cria. Le couple resta stupéfait. Yvette lui dit de partir sur-le-champ. Il n'avait plus rien à faire là. Il avait juste à retourner vivre avec sa pute. *Avec sa pute!* Elle allait appeler la police et ce coup-ci, il y resterait, en prison.

Marcel se retourna, saisit la gaffe à poisson et l'abattit sur le crâne de l'homme qui s'évanouit, ensanglanté, sous Yvette.

Yvette hurla. «T'es malade. Qu'est-ce que t'as fait? Tu l'as tué?»

Marcel resta immobile. *Sa pute!*

Des minutes éternelles se succédèrent.

«T'es malade. Qu'est-ce que t'as fait? Tu l'as tué?»

Noëlla s'arrêta sur le seuil, suivie de Luc qui tenait le dernier dans ses bras. «Pourquoi il a fait ça, maman, pourquoi il a fait ça?» demanda Noëlla. Yvette continuait à crier. Marcel cria à son tour. Noëlla commença à pleurer et le dernier s'éveilla.

«T'es malade. Qu'est-ce que t'as fait? Tu l'as tué?»

Marcel lança son poing au visage d'Yvette qui alla cogner contre la table.

Yvette crie à Marcel de ne pas le faire. «Non! Arrête!» Elle est complètement déroutée. Noëlla ne bouge plus, couchée dans un coin. Luc dit: «Non, papa, non! Ne fais pas ça!» Le dernier n'a conscience de rien. Yvette crie. Marcel crie. Les enfants crient et braillent... Puis, c'est le silence.

Marcel ferma les yeux: il se rappela parfaitement et très simplement les dernières années: le gymnase et Yvette, les chums, l'appartement, le travail, la danseuse et sa pute... Cela, il le revit clairement. Ce qu'il ne vit pas, c'est la boucherie qu'il fit de ses enfants à l'aide de la gaffe.

Mais il ne toucha pas à Yvette, non. Il se contenta de casser le manche de la gaffe, de placer la pointe à la hauteur de sa gorge, de hurler et de se laisser tomber face contre terre. L'empalement créa un son mêlé de chair transpercée et d'os écrasés. Yvette, tassée sous la table, dégueula sur ses jambes et fut prise de convulsions mêlées de rires hystériques. Elle sut alors, le temps d'un éclair, comment, dans certaines circonstances, on pouvait mourir tout en restant vivant.

Les mannequins mauves

J'observais, dans la vitrine d'un petit magasin de lingerie féminine, posée sur un mannequin de cire, une guêpière mauve tachetée de minuscules losanges noirs, lorsque la vendeuse m'adressa la parole.

— Vous désirez la voir de plus près?

— Pardon? bafouillai-je, en comprenant qu'elle me parlait. Ou-oui, j'aimerais beaucoup.

J'ouvris grande la porte, qu'elle tenait déjà entrouverte, et entrai. Un doux parfum de muguet me troubla aussitôt.

Je regardai la vendeuse plus attentivement, et reconnus une ancienne collègue d'université. Elle s'appelait Judith.

— La dernière fois que nous nous sommes vus, me lança-t-elle, c'était sur un canapé-lit à Sainte-Foy. Tu caressais ma ligne de vie avec ton index.

Je la regardai et devinai qu'elle m'offrait un retour dans le passé. Je l'observai et voulus baiser avec ce souvenir sous les regards des mannequins de cire. Nous aurions tout le temps car je tournai le verrou et inversai la petite affiche: *Ouvert* devenait *Fermé*.

Je pris sa nuque, avec ma main droite, et rapprochai le passé du présent. Yeux dans les yeux, nous regardions le vide de l'autre se satisfaire du sien. Ma main gauche défit son chignon et ses cheveux glissèrent sur ses épaules et dans son dos, jusqu'à la base de ses fesses que je devinai fermes et accomplies.

Je dégageai l'unique bouton qui retenait son «col tailleur échancré séduisant» et jetai sa blouse par terre. Elle glissa sa langue dans mon oreille droite et y dessina l'*Enlèvement des filles de Leucippe* de Rubens.

— Je te mangerai comme un rayon de soleil.

Deux boucles d'oreilles mauves. Un collier mauve. Une bague à l'annulaire gauche qu'elle conserva, étant incapable depuis sa jeunesse de s'en défaire. Une jupe droite mauve, «à pinces et fente dos», souligna-t-elle, que je fis glisser comme le fourreau d'un sabre qu'on rejette avant un duel enivrant.

— Je t'attendais comme on attend la pluie.

Toute cette chair blanche dévoilée au fur et à mesure que j'enlevais le soutien-gorge mauve, avec des motifs byzantins, la culotte mauve, mouchetée d'ocre, les bas mauves, avec des dentelles brodées en forme de cœurs, jusqu'au porte-jarretelles que je laissai en guise d'anecdote.

Je promenai ma bouche sur cette chair pâle, avide de métaphores et refusant d'enfanter des petits sans histoire. Cette chair épanouie qui n'en finissait plus de s'offrir en plaisirs infinis. Je vous le jure: Dieu était un art mineur à côté de ce souvenir de corps et de sang.

Elle qui souriait, avec ses cheveux noirs, ses yeux verts et ses lèvres pleines de passion. Des joues comme celles des anges; un cul moulé, ombré comme un bas-relief d'ébène.

J'eus des visions hallucinées dans son nombril et puis, à mon tour, avec ma langue, je lui réécrivis les *Fleurs du mal* entre les fesses, comme on invoque un saint d'entre les cieux: avec ferveur, espérance et perversion.

J'avais devant moi le paradis perdu de ma folie et désirais irrémédiablement m'y brûler. De mes vêtements elle me défit et je la laissai m'avaler jusque dans son cœur. Je repensai à toute ma vie qui s'usait comme les métaphores de Verlaine. J'avais déjà trente-deux ans, presque le tiers de ma vie d'entamé, *et je saisis plus vivement le côté ridicule des choses.*

Baiser avec ce souvenir, sous les regards des mannequins de cire, pour oublier que je sais l'inutilité et la futilité de toute chose. Alors, je baisai pour être ici et ailleurs à la fois.

Ubiquité parfaite et panacée absolue. Être à force de non-être. Un rêve. Un instant. Une inattention.

Judith se retourna, à genoux, s'accouda sur la chaise et m'observa en m'offrant son cul. J'étais à genoux, moi aussi. Fesses contre talons. Et mon sexe qui pointait vers le ciel de ciment et de prières décousues. Elle m'offrait son cul et je me revoyais enfant répéter bêtement les litanies à l'église Saint-Paul. Les cinq sous pour la quête. Le sermon en allongé indigne et indignant. Le corps du Christ couché sur la langue.

Elle me présenta son cul, et de la même manière que la foi se révèle au croyant, je l'enculai avec douceur et hypocrisie.

Judith fut surprise. Choquée. Fermée. Puis accueillante. Malgré elle. Nos corps s'unirent faussement. Nous nous regardions, dans le miroir, et observions notre démesure. Judith haletait, partagée entre le plaisir et la honte. Et moi, et moi je m'enfonçais plus profondément dans l'univers.

Elle glissa sa main entre ses cuisses et son corps blanc splendide exulta et facilita notre évasion, si unique, fragile et illusoire fut-elle. Corps perdus dans une union cyniquement stérile. Un immense pied-de-nez au sens tout court.

J'enculais Judith et l'odeur de son cul me remplissait de vide. Et plus je poussais loin, plus je perdais définitivement la raison. Et les convenances. Et avec jouissance.

— Judith, ton cul me tue et j'aime à mourir le baiser.

Elle releva la tête et murmura mon nom, je crois. Sa respiration devint beaucoup plus profonde. Une respiration qui lui permettait d'atteindre un tel paroxysme qu'elle frôlait, à tous les instants, l'évanouissement.

Judith qui vacillait entre la conscience et l'inconscience, et qui s'en foutait parce que, dans un cas comme dans l'autre, à ce moment précis où elle n'existait plus que par son corps sensible, et arc-bouté, elle n'était plus obligée de penser.

*Baiser avec ce souvenir, sous les regards des manne-
quins de cire, pour vivre ne serait-ce que dans l'instant où je
baise avec ce souvenir. Un souvenir qui a un corps absolu
d'offrandes.*

— Mon amour, murmura-t-elle, tu me fais mal et pourtant ton sexe me console de tous les plaisirs que je n'avais
jamais eus. Tu me fais mal et j'ai du bien de sentir ta lumière
entre mes fesses. Mon corps devient Saint-Esprit, et je jouis
à en mourir, et plus je meurs, plus je ressuscite.

Nos corps se cambrèrent dans l'unisson de notre débordement et j'éjaculai un peu plus de ma vie.

Judith cria contre la chaise un vague septain qui paro-
diait la vie éternelle.

— Mon amour, reprit-elle, comme je deviens dans tes
bras; mon corps aura découvert un nouveau combat, et ma
pensée une nouvelle aliénation.

Je forçai un peu notre position, et fourrai ma langue
dans sa bouche pour concrétiser, *a posteriori*, notre union.

— Judith, ton corps est le *Château intérieur* de Sainte-
Thérèse d'Avila. En le célébrant, je me sais purifié avant de
me commettre.

— Mon amour, répliqua-t-elle, tu mens aussi bien que
tes livres de philosophie.

Je partis à rire.

Nous nous rhabillâmes avec hâte, un peu habitués,
peut-être, à ce genre de situation. Judith remit son tailleur mais négligea les sous-vêtements qu'elle m'offrit. Ils
seraient les témoins muets de notre amoureuse représenta-
tion.

— Maintenant, tu dois partir, me dit-elle, il est temps.
Ne dis rien. C'est comme ça et ce sera jamais autrement. Les
conventions sont faites pour être respectées.

Je me résignai à sa volonté de commerçante. Je le
sentais, je le savais, rien ne pourrait la faire agir autrement.
Je remis mon chapeau et attrapai mon veston.

— Merci, Judith, ton présent a fait du mauve dans mon malheur. Désormais, je l'anticipe, il sera plus tolérable.

— Ce n'est rien, mon ami, m'encouragea-t-elle. Nous savons toi et moi à quoi nous en tenir. S'il te plaît, n'oublie pas ce petit quelque chose qui nous a rapprochés jadis. Sans lui, pareille histoire n'aurait jamais pu se jouer.

Je me rappelle que, à ce moment précis, je souris comme je l'avais fait à chacune de ces occasions. Je fouillai dans la poche supérieure de mon veston et sortis quatre coupures de cent dollars.

— Voilà! dis-je, c'était parfait. Le mois prochain, tu te nommeras... Émilie et tu joueras le rôle... d'une jeune pianiste. Le scénario, comme d'habitude, te parviendra par la poste.

La ruelle rouge

Il marchait un peu au hasard. Il marchait pour oublier le passé et mieux sentir cet instant qui le rapprochait, avec affolement, de son Dieu. Pour bien se rappeler que la foi, la vraie, il l'avait reçue lorsqu'il avait eu mal de s'être fait prendre par son père.

Tant d'années à sentir ce souffle d'alcool. Le garage maudit d'amours. Les ombres des pièces d'autos éparses et les odeurs d'huile et d'essence. «Oui, comme ça, c'est bon. Comme ça.» Et les larmes sèches. Et la mère qui ne voulait rien savoir. Rien comprendre. Rien voir de son fils mutilé. Innocence familiale. Regards fugitifs. Pensées imparfaites d'un subjonctif s'oubliant.

Un passé comme celui-là, ça pille l'enfance et ça empiète sur plus tard. Ça donne des tendances et ça influence un comportement. Mais, surtout, ça fait mal.

— Salut! Tu te souviens de moi?

Certainement était la vérité, et il avait dit:

— Oui! Dépêche-toi de te déshabiller, j'ai la foi qui flanche.

À son grand plaisir, la fille releva sa jupe très mini, baissa son collant et urina sur le trottoir.

— J'ai aimé, j'ai souffert, maintenant je hais! ricanat-elle en pensant au prisonnier qui portait ce syllogisme parfait tatoué sur une épaule. Tu te souviens de moi mais qui vois-tu derrière la chasse gardée de ton confessionnal? Je sais que tu mens comme un prêtre mais tu parles latin et ça vaut bien des choses. Alors, laisse-moi me vider, après, si tu y tiens toujours, je te laisserai m'illuminer.

Il avait eu envie de la rougir. Une envie sadique: la rougir en pleine rue. Il avait beau jeu, après tout, il était tard et personne ne semblait intéressé par cette pute d'Indienne.

Et puis, Dieu voulait des innocents!

Un! Deux! Trois! Quatre! Cinq! Six!

Une fois, il se rappelle, il avait pénétré sa voisine de palier, alors qu'il était étudiant. Et dans la position du pécheur, faut entendre, lui le prêtre. (Mais on s'en doute, et il faut le préciser, par des putes et des garçons, souvent, très souvent, il s'était fait sucer.) Mais cette fois magistrale et dévote, la fille était tellement saoule que, lorsqu'elle avait joui à cheval sur lui, elle lui avait pissé dessus. La métaphore du Christ percé au flanc avait été parfaite. Et puis, ça lui avait fait chaud sur le ventre et il avait éjaculé un traité de cosmogonie en trois secondes, avec énormément d'espérance.

— Tu parles bien, le prêtre, mais baises-tu autant qu'on le raconte? Moi, la seule chose que je connais de toi, c'est le goût de ton sperme. J'ai envie de ta queue entre mes cuisses. Juste pour voir les anges, un peu.

Il l'attrapa par la gorge et lui fourra une main entre les jambes.

— Et toi, hormis ta pisse, sais-tu donner?

Il la poussa violemment au fond de la ruelle et lui cita trente-deux saints qui rimaient avec «Je te sauverai des hommes».

Sept! Huit! Neuf! Dix! Onze!

Ils heurtèrent les poubelles et tombèrent maladroitement sur des boîtes de carton vides. Elle rit de l'exploit et insista pour qu'il lui fasse mal. Aussi fort que l'odeur de pourriture qui les étouffait.

— *Fais-moi mal!*

Il ne la déshabilla pas d'un morceau et se contenta de libérer le péché en déchirant le collant: «Tu sens l'urine et je m'en crisse. Tu t'es pissé dessus et je m'en crisse. Je te remplirai de moi parce que sans moi tu n'es rien.» Il baissa la fermeture éclair de son pantalon et sortit son sexe par habitude. Il était droit comme une statue de la Sainte Vierge, prêt à pardonner la douleur d'enfanter.

Douze! Treize! Quatorze! Quinze! Seize! Dix-sept! Dix-huit!

Le rouge est ta couleur l'Indienne
Prépare-toi à accueillir Sa lumière car Elle te sauvera
Mon mal sera ton bien
Ferme les yeux comme pour la première fois
Et accueille Sa grâce

Il la regarda s'envoler vers Dieu et l'aima dans son abandon. «Accueille-moi et Il t'acceptera.»

Des cris muets se perdirent en peut-être-que-cela-aurait-pu-se-dérouler-autrement et des gestes inutiles ne s'exécutèrent même pas.

Il la pénétra maladroitement
Machinalement
Froidement
Avec ses deux sexes
L'un donnant la vie
L'autre la reprenant

Maintenant, son sexe frôlait le collant de l'Indienne et ce bruissement lui rappelait qu'il baisait. La rappelait à Dieu. Lui rappelait son père.

Son sexe butait contre la culotte de la femme et cette douleur aiguë de la chair à vif le rapprochait d'un idéal ridicule de transcendance: plus il avait mal et plus il bandait.

Dix-neuf! Vingt! Vingt et un! Vingt-deux!

Puis, il ne la regarda plus et ne vit pas ses yeux absents, son corps de guenille et la merde qui fuyait toutes les fois qu'il la pénétrait. Elle, dans son accoutrement de pute-à-la-mode, tout en noir, sauf ce foulard rouge.

Assez belle, elle.

Non. Il était ailleurs. Près de Dieu, comme il lui arrivait lors des communions matutinales.

— Je t'aimerai dans l'infini. Je prierai pour toi des semaines durant. Salope jusque dans ton enfance. Dieu comprend tout. Et tu es toute rouge. Et l'asphalte est rouge. Ô mes mains qui se lavent dans ton cœur et je sens que je vais venir. Parle-moi! Raconte-moi ton dernier client! Dis-moi combien mon amour t'ouvre le ciel! Oui!

On dit que les prêtres s'arrêtent sur la misère humaine et aident le Christ dans sa négation. Ils s'éclairent de Sa lumière et adorent profondément les Évangiles lorsque leurs brebis sentent mauvais.

Plus elles sont sales, plus leur pardon est grand. Les prêtres doivent comprendre, pardonner. Et se faire pardonner. Surtout pour tous les enfants qu'ils ont rougis avec grand plaisir.

Elle qui faisait la rue depuis toujours. Avant de naître, probablement. Nous voulons dire par là que sa mère se faisait baiser par le premier venu.

V i n g t - t r o i s ! V i n g t - q u a t r e !

V i n g t - c i n q !

Sa rouge d'Indienne, qu'il disait, lorsqu'elle venait lui confesser son cul douloureux et son âme percée. La *squaw* née dans une réserve dans le bout de Senneterre et réincarnée en machine à sexe dans le chevauchement de Saint-Laurent-le-jour et de Sainte-Catherine-la-nuit.

Une Indienne que sa mère avait vendue pour 150 $ à un pimp de cinquième catégorie. «J'en prendrai soin, avait-il promis à la mère, comme si elle était mon enfant.» Elle venait d'avoir treize ans.

Et il avait tenu sa promesse: il l'avait offerte gratis à sept juifs d'Outremont pour une nuit. Gratis. Ou presque. Disons qu'ils laisseraient tomber la plainte pour le bordel qu'il faisait dans l'immeuble.

La *squaw* et le prêtre. Personne n'était au courant qu'il la confessait. Personne ne savait qu'elle le suçait. Il lui donnait un peu d'espoir et elle, beaucoup de remords. Mais elle l'aimait son prêtre et lui ne pouvait plus se passer des pénitences qu'elle lui infligeait.

Couple expressionniste. Marionnettes flamandes. Art espagnol. Dessin allemand. Futurisme manqué.

— Ô le prêtre! qu'elle disait lorsqu'elle le rencontrait. Ceci est mon corps et cela est ton salut. Fais-moi mal et je t'enverrai des baisers lorsque je serai au Paradis.

Vingt-six! Vingt-sept! Vingt-huit! Vingt-neuf!

Lorsqu'il la prenait, c'était par la bouche qu'il cherchait à la remplir. Son corps d'Indienne représentait l'idéal des innocents que le christianisme essayait de convertir. Tous ces peuples réduits au dualisme du bien et du mal. De l'iconographie naïve du Dieu paternel blanc. Blanc de rouge et de mal et de fidèles abrutis et de guerres saintes et de morts et de bûchers et de sorcières écartelées et de découvertes avortées avec la promesse d'une vie éternelle à quatre sous sur une seule toile de fond: le rouge couleur sang.

— Prêtre, prends-moi pour l'amour de ton Dieu. Une seule fois entre mes jambes et je saurai enfin que tu peux pardonner. Mon estomac est rempli de ta semence mais mon corps est vide de tes prières.

Dans son quartier
Ils riaient de lui lorsqu'il citait le Commentaire des sentences
Ils le rouaient de coups lorsqu'il excusait leur haine
Et disaient de Dieu qu'Il était un Salaud
En posant ces questions:
Les femmes, ne viole-t-Il pas?
Les hommes, ne torture-t-Il pas?
Les enfants, ne tue-t-Il pas?
Le sida, à ceux qui s'aiment, ne donne-t-Il pas?

Et les prêtres, les mains ne se lavent-ils pas?
Leurs mains rouges...
Trente! Trente et un! Trente-deux!
Trente-trois!

— Oui! Je viens! Je viens! Un peu de souffle dans ce corps absurde. Un peu de moi, un peu de mon passé, un peu d'Évangiles et de souffrances. Un peu de la Sainte Vierge et beaucoup de pardon. Et de Dieu. Du Saint-Esprit. De Sa lumière. De la Bible. Ahhh! Oui! Comme ça! je déborde d'amour! OUI! Bon Dieu que c'est bon!...

Le prêtre éjacula dans le corps de l'Indienne absente, inerte et docile. Le prêtre vibra et il ne put s'empêcher de penser au petit Beaulieu qu'il s'offrirait bientôt, très bientôt. Il éjacula sans voir que cette ruelle ressemblait drôlement à un certain garage. Qu'elle sentait drôlement mauvais. Comme des odeurs d'huile et d'essence. Et ces ombres qui...

Le prêtre qui avait éjaculé était ailleurs. Sa conscience, lorsqu'elle reviendrait, le réduirait à la dimension morale d'un ver de terre. C'était toujours ainsi. Inévitable.

De retour dans sa chambre, il ouvrirait le tiroir de son secrétaire, un tiroir bien verrouillé et en sortirait une ceinture. (Cette même ceinture qu'il avait jadis utilisée pour punir ses élèves avant que le directeur de l'école ne le remercie gentiment d'avoir handicapé deux enfants.) Et on s'en doute, il se flagellerait. C'est d'ailleurs l'explication de toutes ces marques qu'il porte au dos.

Elle, si elle avait pu, aurait sans doute remercié son prêtre du ciel qu'il lui avait offert. Un ciel instantané. Une de ces ascensions qui ouvrent grand le Paradis et qui fait dérouler sur un air de Bach le tapis rouge de la vie éternelle.

Trente-quatre! Trente-cinq!

— Ô Dieu, viens en aide à ton humble serviteur car il a péché. Pardonne-lui comme Tu as jadis pardonné à ceux qui T'ont offensé et aide-le à se repentir. Ô Dieu, je T'en supplie, accueille en Ton sein cette *squaw* et pute de rien qui désirait un peu de Ta chaleur. Cette paumée d'amour que personne ne pleurera. Je t'en supplie, pardonne-nous nos actes de débauche car ils étaient les seuls qui pouvaient lui ouvrir Ta voie.

T r e n t e - s i x !

L'homme de Dieu remonta sa fermeture éclair. Il se pencha sur le corps de la femme, souleva les épaules, la tira à l'écart, près d'une fenêtre encavée, et la laissa glisser dans le trou. Poussa du pied des cartons et des boîtes vides pour oublier sa soirée.

T r e n t e - s i x !

Le lendemain matin, ce serait dimanche, jour du Seigneur. Notre prêtre, en bon prêtre (comme tous les prêtres) aurait oublié la souffrance particulière des hommes et des femmes et s'affligerait sur une catégorie plus universelle et très abstraite. Comme la chute originelle ou autres niaiseries du genre.

T r e n t e - s i x !

Le lendemain, à la messe du dimanche matin, notre prêtre qui aurait surtout oublié sa *squaw* apprécierait ses moutons le regarder dire des niaiseries du genre de la chute originelle...

T r e n t e - s i x !

Et je vous le jure, ils s'en crisseraient tous autant qu'ils sont, le prêtre et ses moutons, de la *squaw* trouvée violée et mutilée de trente-six coups de couteau dans une ruelle de Montréal.

L'enterrement blanc

J'avais devant moi un homme heureux, dont le rêve le plus intime avait été exaucé de la manière la plus évidente, qui avait atteint dans la vie le but qu'il s'était proposé, obtenu ce qu'il désirait, et qui était satisfait de son destin et de lui-même.

Pourtant il s'était suicidé.

La vie est peut-être absurde,
mais elle ne le sera jamais autant que la mort!

Pierre était beau, habillé de blanc jusqu'aux ongles vernis, un étrange sourire créé par l'esthéticien-croque-mort, et les lunettes blanchies, les cheveux blanchis, la montre blanchie, la peau blanchie…

— C'était sur son testament, me dit Marie, il voulait tout en blanc, tout. Il a donné des indications, on les a suivies. Jusqu'au discours: une feuille blanche…

— Ah bon! dis-je.

— Dieu est un salaud, murmura-t-elle. Et elle pleura.

J'ai eu envie de la baiser. Une envie irrésistible: baiser contre une tombe. Nous avions le temps, après tout. Personne n'était encore arrivé et la veillée ne commençait qu'à huit heures.

Je pris dans mes mains ses joues chaudes à croquer et modelai ses larmes avec mes pouces. Je nous imaginais baignés dans l'atmosphère propre aux thrillers américains lorsque les acteurs se rencontrent sur la pelouse du cime-tière.

Je laissai glisser mes mains sur ses seins, ses hanches puis son cul, relevai sa jupe blanche et tombai à genoux, face contre son ventre brûlant. Je descendis sa culotte et entamai un long monologue avec le clitoris. Je lui parlai de ces peuples qui n'ont pas d'alcool, de ces hommes qui tuent leurs frères, de ces femmes qui rêvent de devenir des hommes et de ces enfants qu'on désenfantise à coups de raison. Je me relevai, fis glisser mon pantalon et la pénétrai comme on entame un haïku: avec simplicité et profondeur.

— Tu as raison, murmurai-je, Dieu est un salaud.

Elle acquiesça par une respiration plus sonore, chantée, une miniature envolée de la chair vers le vide.

Baiser contre la tombe pour me rapprocher une dernière fois d'elle et de l'ami couché, absurde. Je baise Marie et elle chante mon nom:

— Jérôme, Jérôme, oui, mon amour, prends-moi, transporte-moi, fais-moi oublier.

* * *

Nous nous sentions si proches lors de nos nuits blanches d'alcool. Elle à Québec, Pierre et moi à Montréal ou à New York. Nous enculions les grands penseurs: Aristote, Hegel et compagnie, les grands imposteurs: Jésus-Christ, Muhammad, les grandes théories et, à l'occasion, les putes sur la Sainte-Catherine qui n'avait rien de saint sinon la déchéance et la prostitution.

* * *

Je regardai Marie qui voyait à travers moi le paradis perdu de notre amour de surface. Une surface semblable à celle des miroirs qui réfléchissent silencieusement en illusion la réalité.

— Je t'aime Marie, je t'aimerai toujours…

Nous avions, tout près de nous, un homme heureux qui s'était tué à coups de vérités et il nous laissait avec la conséquence inévitable de son suicide: notre insignifiance.

La vie est peut-être absurde
mais elle ne le sera jamais autant que la mort!

Plus rien ne sera comme avant. Reste l'alcool: cette porte vers l'oubli, sorte de zen généreux de l'antimémoire. Il faut être un juif pour se souvenir. La philosophie de l'oubli est inscrite dans l'inattention que cause l'état avancé d'ébriété; les moralistes de bas étage n'ont qu'à aller se rhabiller.

Marie chante un hymne aux corps sensibles. Son souffle chaud m'inonde le visage; ses yeux m'ouvrent à moi-même.

— Viens, mon amour, viens te retrouver en moi.

Notre ami s'est tué en bon soldat: une balle dans la tête. Simple et profond, il s'est tué parce qu'il savait.

Nous baisons contre la tombe et le temps n'existe plus. Ce soir, c'est notre dernière rencontre. Elle me dit:

— C'est un bel hommage à Pierre que notre union contre sa tombe.

Je dis:

— Oui, mais il faut penser à nous.

Et je l'entraîne par terre. Je lui parle de nos chevauchées à travers l'Amérique sur une carte géographique, je lui décris son sexe humide avec des métaphores impressionnistes, je lui fais l'éloge de son ventre blanc, de ses seins lourds du refus d'enfanter un petit sans avenir.

Marie, mon amour, je t'oublierai en répétant ton nom à l'infini. C'est comme ça la vie. Je suis en toi et tu me pénètres l'âme à coups de soupirs, de baisers, de ventre et de bassin et nous comprenons ensemble jusqu'au bout, dans une version différente, tout ce que nous savons et nous n'en faisons pas de cas.

Puis nos corps pesants, vidés, tombent sur le carrelage blanc du salon mortuaire. À bout de souffle.

Baiser contre la tombe de mon ami avec Marie nous a rapprochés définitivement de notre rupture. Mais ce n'est pas important. Il ne faut pas en faire un drame.

— Il faudrait peut-être replacer un peu...

— Oui, il faut sauver les apparences, c'est tout ce qui reste.

— Merde, dit-elle, j'ai arraché la chemise de Pierre.

— Rien de surprenant, c'est une fausse chemise qui n'a que le devant avec les boutons.

— Viens m'aider à le soulever. Un mort sans chemise, le jour de ses funérailles, ça ne fait pas très sérieux.

Marie rit.

— Si on apprenait ça!

— Pour la chemise?

— Non, oui, enfin, la baise... nous... lui...

— Ouais...

On a tout replacé vite fait et le blanc immaculé a repris ses aises.

— Regarde, me dit Marie, le sperme qui fout le camp. J'aime cette sensation chaud froid mais surtout, j'adore le sentir couler sur mes cuisses. Une sensation physique du pouvoir de donner la vie... ou de la refuser...

Je regardai ses cuisses blanches mouillées d'elle et de moi découvertes par sa robe relevée. Sa toison brune étant le rideau d'un théâtre qui venait de présenter notre pièce mille fois répétée. Le titre, d'ailleurs, en était toujours le même:

Je t'aime
Pièce pour amants
Ignominie en un acte

— Je t'aime, Marie, comment puis-je faire autrement?

— Je sais, moi aussi.

— Ils vont arriver d'une minute à l'autre.

— Oui, il est presque huit heures.

Je regardais Marie remettre sa culotte blanche. Fascination du corps érotique: courbes et lignes achevées. Le mâle et la femelle parfaitement design pour s'emboîter parfaitement. Les théologiens devraient en faire un argument choc:

Dieu existe puisque ça bande et que ça mouille!

— Ton corps, Marie, est une version poétique de l'univers. À la différence du miroir qui réfléchit l'apparence, ton cul jette ma raison dans le doute comme la maïeutique de Socrate.

— Oh! mon amour, tu philosophes comme un Français. Vous me manquerez, toi et ton art de ne rien dire.

— Oh! Marie, amante insatiable, baise sans remords. Tu seras sauvée, je te le jure, et tu sauveras.

Nous avons baisé contre la tombe de mon ami et nous nous comprenions comme jamais. C'est ainsi quand un je-ne-sais-quoi devient un je-le-sais. Finie la magie. Notre relation est devenue un syllogisme parfait. Qui voudrait de ça?

Les invités arriveront bientôt et je pense au sexe de Marie que je quitterai à la fin de la soirée pour toujours.

Pierre a trouvé son wapiti! tralala...

Pierre a trouvé son wapiti! tralalère...

— Marie!

— Quoi?

— Adieu.

— Où vas-tu?

— Ailleurs. Très loin. Sinon je risquerais de succomber à la tentation de tes chairs éblouissantes et, cette fois, ce serait pour toujours... Sinon je risquerais de t'aimer dans l'infini du visage que tu m'offres lorsque tu jouis... Sinon je risquerais d'être heureux...

— Sinon, ce serait l'amour fou que Pierre avait enfin trouvé et qui l'a tué.

— Oui, qui l'a tué lorsqu'il a su pour nous deux.

Quand je ferme les yeux, tout redevient blanc.

Le premier paragraphe est un extrait de *Groseilles à maquereau* d'Anton Tchekhov.

Noir Don Juan

PERSONNAGES
DON JUAN
PORTIER ET BONIMENTEUR
PREMIÈRE FILLE
DEUXIÈME FILLE
BARMAN
PÉNÉLOPE

PORTIER. — *(À l'extérieur, sur le trottoir, il se frotte les mains pour se réchauffer. Puis, déclamant comme les bonimenteurs que l'on retrouve dans les pièces de Michel de Ghelderode, il lance:)* Soirée froide que ce 31 octobre d'Halloween. Venez boire dans notre cabane d'amour. Rue Sainte-Catherine, angle Papineau. Quartier excessif. Faune libérée. Rencontres imminentes. Montréal plus docile qu'une revue pornographique. Venez boire dans notre grand bar sur fond d'illusion noire. Ici, masqués, vous ferez vrais. Plus vrais que la vérité elle-même. Libérez-vous, et montrez-vous à vous-mêmes; quelques guenilles en général suffisent. Je vous le promets, entre nous, les apparences feront de votre vie le sens que vous lui cherchiez.

Passe un adolescent déguisé en gentilhomme, et au visage peinturé de noir. Le portier l'accueille immédiatement.

PORTIER. — Oh! Monsieur, quel joli costume avez-vous en cette soirée de grand déguisement. Ne seriez-vous pas le traître disciple du Christ, ou encore le général maure de Shakespeare? Vous êtes noir, n'est-ce pas?

DON JUAN. — Moi, je suis Don Juan, et le reste est sans importance...

PORTIER. — Vous avez mille fois raison, Monsieur. Entrez chez nous et laissez-vous bercer par l'alcool et l'illusion. Me permettrez-vous de prédire que vous rencontrerez ce soir une femme extraordinaire? Une femme qui vous révélera les plus grands mensonges de l'amour. Non, bien sûr, cette promesse n'a pas besoin d'être faite au plus illustre des séducteurs.

VOIX OFF. — Don Juan, ne savais-tu donc pas que l'amour pouvait tuer?

Don Juan entre. L'atmosphère est à la fête. Les clients sont déguisés et affublés de vêtements à trois sous, pour la plupart trop amples. Le noir à lèvres est de mise; les joues ont été rosies comme c'est le cas pour les poupées dans les catalogues; quelques lumières bleutées ombragent les figures; les perruques sont apparentes pour ne pas dire carnavalesques. Don Juan sourit à la vue du spectacle: il n'y a que des parodies de femmes dans cet endroit, mis à part le barman et le portier. Puis c'est au tour des clientes d'être ébahies par le nouveau venu. Deux femmes plutôt grasses — même sous leurs nombreuses couches de fard, on les devine laides et par trop masculines — se jettent à ses pieds et lancent en chœur:

FILLES. — Don Juan, notre amour de petit nègre. Pourquoi nous as-tu laissées tomber, l'autre soir? Tu nous avais promis, pourtant, de nous rendre heureuses toute la nuit. Mais non, tu es parti comme un voleur et nous avons dû nous contenter tête-bêche. Mais ce soir, tu ne nous échapperas pas. Ce soir, tu es à nous. Petit nègre séducteur au grand sabre fouille-partout. *(Les filles ricanent.)*

DON JUAN. *(Sachant que ces filles inventent, improvise à son tour:)* — Eh bien, si c'est votre volonté, qu'il en soit ainsi! De l'alcool pour ces demoiselles et une bière pour moi. Ohé! qu'on nous apporte à boire!

BARMAN. — Comme Monsieur désire. Bière et alcool pour Don Juan et ses admiratrices.

DON JUAN. — Froide la bière, froide à mourir.

BARMAN. — Dans ce cas, Don Juan, regarde à ta gauche, c'est là qu'il te faut aller chercher ta bière. Elle sera froide, comme tu le souhaites.

Don Juan regarde vers le comptoir et aperçoit, médusé, une serveuse presque nue — une serviette lui recouvre la taille — dont le corps est enduit de peinture noire. Il se lève et se dirige immédiatement vers elle. Les deux filles font la moue, se regardent et s'embrassent à grands coups de bouches et de langues.

DON JUAN. *(Éperdu.)* — C'est toi ma sœur? Superbe négresse aux tétons dessinés par Picabia!

PÉNÉLOPE. — Tu fais erreur, petit nègre. Le seul amour que je n'ai jamais eu s'est perdu par delà les mers dans un voyage historique. Je l'attends toujours, d'ailleurs. Mais ce soir, je suis seule et, si tu veux, je te laisserai me consoler. Nous échangerons du noir, ton destin et beaucoup de déception.

DON JUAN. *(Répliquant maladroitement.)* — J'ai déjà promis pour ce soir mais si tu insistes, je...

Pénélope ne le laisse par terminer, l'agrippe par les cheveux et l'attire derrière le comptoir. Elle l'embrasse et l'entraîne par terre. Don Juan essaie vainement de résister.

DON JUAN. *(Caché par le comptoir.)* — Non! Pas comme ça! Pas comme ça!...

Mais les protestations de Don Juan se métamorphosent en sons désarticulés qui laissent progressivement place au silence.

VOIX OFF. — Don Juan, ne savais-tu donc pas que l'amour pouvait tuer?

Les deux filles s'approchent du comptoir, attrapent des verres à demi vides et rient grassement de la situation.

PREMIÈRE FILLE. — Don Juan, tu t'égares, petit nègre. On ne t'a jamais dit qu'au-delà du costume se cachait la mort. Don Juan, ne prends pas tes chimères pour ce qu'elles ne sont pas.

DEUXIÈME FILLE. — Don Juan. Tu nous as encore trahies. Tu sabres ailleurs. Deux promesses jetées par-dessus l'épaule. Don Juan. N'ouvre pas les yeux sinon tu seras déçu et tout sera noir.

PREMIÈRE FILLE. *(À la deuxième.)* — Regarde, beauté, ça ne te rappelle rien, ces deux-là?

DEUXIÈME FILLE. — Mais qui chevauche qui, penses-tu?

PREMIÈRE FILLE. *(Qui se rapproche.)* — Je ne sais pas. C'est un peu compliqué. On ne sait plus qui en prend pour son compte ici! *(Elle rit grassement.)*

DEUXIÈME FILLE. *(Qui regarde de plus près.)* — En tout cas, il y en a un des deux qui prend l'autre et on dirait bien que c'est Pénélope qui pagaye Don Juan.

PREMIÈRE FILLE. *(Qui se rapproche encore plus près.)* — Quel euphémisme, ma chère. Don Juan se fait tout bêtement culbuter.

DEUXIÈME FILLE. — Il ne dit rien?

PREMIÈRE FILLE. — Il n'a pas dû résister à l'évidence. Il se sera évanoui d'étonnement, le pauvre…

DEUXIÈME FILLE. — Moi, c'est cette position que j'aimais le plus, avant. Je n'avais rien à faire. C'est l'autre qui faisait tout. Et puis, je pouvais penser à plein de choses. Et puis, il y avait ce souffle chaud qui me réchauffait la nuque. C'est cette position que j'aimais le plus avant que le mal ne s'installe. Maintenant, il faut être prudent. La vie est tellement courte.

PÉNÉLOPE. *(On l'entend crier.)* — OUI! OUI! OUI!

FILLES. *(Éclatant de rire, et enchaînant.)* — OUI! OUI! OUI!

Un silence s'installe. Tout s'immobilise.

VOIX OFF. — Don Juan, ne savais-tu donc pas que l'amour pouvait tuer?

Don Juan se relève. Il remonte son pantalon, replace sa veste et se déplace difficilement. On a l'impression qu'il vient de s'éveiller ou de reprendre conscience.

DON JUAN. — Mais que s'est-il passé? Il y a un grand noir dans mon esprit et j'ai l'impression que mon corps ne m'appartient plus. Qu'il est ailleurs. Une distance infranchissable m'en sépare.

PREMIÈRE FILLE. — C'est l'effet de la surprise

DEUXIÈME FILLE. — Du plaisir défendu.

PREMIÈRE FILLE. — Des fois, on perd contrôle.

DEUXIÈME FILLE. — Don Juan, tu ne seras plus jamais le même.

PREMIÈRE FILLE — C'est de ta faute, Don Juan, tu nous as encore laissées tomber.

DON JUAN. *(S'efforçant de reprendre ses esprits.)* — Ne vous en faites pas, mesdames, il m'en reste encore pour vous. Ne suis-je pas Don Juan, après tout?

Les deux filles rient à en perdre le souffle.

PREMIÈRE FILLE. — Don Juan, ce que tu as, nous n'en voulons plus.

DEUXIÈME FILLE. — Avec nous, tu t'en serais tiré à meilleur compte. Fatigué, malade peut-être, mais plus vivant.

DON JUAN. — Bon. Oui. Je sais.

MURMURE OFF. — Non! Tu ne sais pas!

DON JUAN. *(Continuant.)* — Je n'aurais pas dû la contenter ainsi. *(Il désigne Pénélope qui est encore accroupie. Elle se lève maladroitement, réajuste la serviette, se regarde dans un miroir, puis s'évertue, nerveuse, à remettre du noir aux endroits où la peau est à nu.)* Mais, comme une voleuse, elle m'a pris sans que je puisse résister.

À ce moment, Pénélope laisse tomber le miroir qu'elle tient et s'évanouit.

Don Juan accourt. Il s'agenouille près d'elle et demande de l'aide. Comme il n'entend rien, il se retourne mais le bar est subitement vide et silencieux. Il n'y a plus que Don Juan et Pénélope, couchée.

VOIX OFF. — Don Juan, ne savais-tu donc pas que l'amour pouvait tuer?

DON JUAN. — Pénélope? Pénélope? Réponds-moi… *(Il se penche vers Pénélope.)* Pénélope, mes mains ne peuvent résister à ce que tu m'as déjà donné, bien que je n'en aie aucun souvenir. Et j'ai besoin de savoir.

Don Juan la caresse maladroitement. La peinture noire, sous ses mains, s'estompe lentement. Il défait la serviette recouvrant la taille de Pénélope. Puis il s'éloigne, incrédule. Il crie. Don Juan comprend dans sa surprise que si Pénélope a l'apparence d'une femme, elle n'en demeure pas moins un homme.

VOIX OFF DES FILLES. — Don Juan, tu t'es laissé abuser par les apparences.

VOIX OFF DU BARMAN. *(Ironique.)* — Une morte de bière pour Don Juan?

VOIX OFF DU PORTIER. — Don Juan, les plus grands mensonges. Tu en connais déjà un!

VOIX OFF DES FILLES, DU BARMAN ET DU PORTIER. — Une femme, un homme, quelle importance? Don Juan! De toute façon, inévitablement, le résultat aurait été le même. Tu pensais que ton mythe te rendait invincible… Mais rien de plus faux… Il y a de ces situations qui sont affreusement universelles…

VOIX OFF. — Don Juan, ne savais-tu donc pas que l'amour pouvait tuer?

PÉNÉLOPE. *(Qui bouge.)* — Non, Don Juan, je ne suis pas morte. Un malaise. Pas encore la fin. Et il me reste si peu de temps. Et tant à faire. Viens, Don Juan, je dois m'assurer que tu es totalement à moi.

Pénélope rit. Elle se redresse, prend Don Juan par la main et l'entraîne derrière le comptoir. Don Juan, sanglotant, essaie vainement de résister.

Un froid subit s'installe. Le vent qui se lève cesse aussitôt lorsque Pénélope tend sa main vers le plafond. Elle serre le poing: silence macabre.

Pénélope et Don Juan se couchent derrière le comptoir. Une neige noire tombe du plafond.

VOIX OFF DE PÉNÉLOPE. *(Comme une mère à son fils.)* — C'est bien, Don Juan, voilà, tu apprends rapidement. Ne résiste pas, ne t'en fais pas, je ferai vite. Tu ne sentiras rien. Laisse-toi aller. Tu n'as rien à faire. Laisse-toi faire. C'est moi qui fais tout. Profites-en pour penser à autre chose. Et puis, il y a mon souffle qui te réchauffe la nuque. Et puis, de toute façon, il est trop tard, je suis déjà en toi…

LE PORTIER, LE BARMAN ET LES DEUX FILLES. *(Assis à une table, portant un toast.)* — À l'amour!

La neige cesse. Le groupe devient immobile, l'endroit est silencieux.

VOIX OFF DE DON JUAN. — Mais moi, je ne voulais pas mourir… Vous n'aviez pas le droit… Tout ce que je voulais, c'était un peu d'amour. Savoir enfin…

VOIX OFF DE PÉNÉLOPE. — L'amour ne pardonne pas. N'excuse plus. Et tue s'il le faut…

Tout devient noir. Un cri surgit dans l'obscurité. — NON!

On devine que c'est Don Juan qui a crié. Puis c'est le silence. L'éclairage revient. Pénélope se rapproche du groupe. Elle ramasse sa serviette, la remet autour de sa taille mais demeure dans la pénombre.

LES DEUX FILLES. — Pourquoi lui as-tu fait ça? Il ne t'avait pourtant pas provoquée?

Les deux filles enlèvent leur perruque. On comprend qu'elles sont des hommes.

PÉNÉLOPE. — Je ne l'ai pas choisi. Il s'est piégé lui-même.

PORTIER. — C'était un enfant.

PÉNÉLOPE. — J'en ai fait un homme.

BARMAN. — Tu l'as tué!

PÉNÉLOPE. — Il n'a rien fait pour se protéger. L'habit ne fait pas le moine. Il pensait que ça n'arrivait qu'aux autres, comme les autres le pensent. Moi, je ne fais pas la différence. Maintenant, il a un destin…

PREMIÈRE FILLE. *(Agacée.)* — Va te remaquiller, Pénélope, tu deviens de plus en plus insupportable.

Un jet de lumière éclaire Pénélope. Les autres se détournent, incapables de supporter sa vue. La peinture noire est pratiquement effacée. Sa peau blanche est recouverte de pustules. Elle tente de se dissimuler et s'en va à reculons.

DON JUAN. *(Qui s'approche du groupe, le visage en larmes.)* — Je veux mourir…

LES DEUX FILLES. — Don Juan, pauvre Don Juan, mourir, dis-tu? Mais n'as-tu pas compris que Pénélope t'a fait l'amour qui tue?

PORTIER. — Pauvre Don Juan, la mort te raconte déjà dans ton sang que tu as pris la vie trop à la légère. Comme la douleur, elle s'immisce partout. Et puis, ça remonte à la tête. Et ta destinée t'apparaît avec simplicité. Entièrement noire, noir sombre.

BARMAN. — Don Juan! Dans le sang, Don Juan, l'amour dans le sang… Tant de morts pour un plaisir si temporaire… Ils se sont tous crus invulnérables… Protégés par un préjugé, une statistique…

Don Juan s'affaisse.

PÉNÉLOPE. *(Qui revient, merveilleusement noire et irrésistible. Elle désigne Don Juan, recroquevillé et frissonnant.)* — Assez de larmes! Qu'on le vide par la porte arrière. *(Songeuse.)* Comme on a fait avec les autres… *(Au portier.)* Hé toi! Retourne à ton poste. Nous avons encore beaucoup à faire! La soirée avance… et j'ai tant à donner…

Les filles remettent leur perruque.

Les personnages reviennent en scène.

La musique reprend.

À l'extérieur, sur le trottoir, le portier bonimente.

Et pour vous dire la vérité, sous la peinture noire de Don Juan, la peau était noire…

Autres histoires

Je nous aime; tu t'en fous

Il la regarde boucler une dernière valise. C'est bien vrai: elle *le quitte. Il lui demande si* elle *part seule ou avec le voisin car, dans ce cas,* elle *doit savoir que...*

— *Mais non, tu ne comprends pas, il n'est qu'un ami.*

— *Et moi là-dedans?*

— *Une autre fois... Bon! Il faut que je parte.*

— *Attends!*

— *Non! Salut. Tu m'appelleras, nous aurons bientôt le téléphone...*

* * *

Ça faisait plus d'un mois, des années obliques et des siècles frissons, maintenant, qu'elle l'avait quitté. Ensemble, ils avaient déménagé les meubles dans son nouvel appartement. Lui, souvent, s'arrêtant sans raison pour penser le présent d'hier, vomissant l'avenir. Elle, s'approchant, lui prenant la main et le regardant comme on regarde un chien. Il se faisait ridicule, plié sous ses bras, moins que l'ombre de sa main, et Brel ne chantait pas encore...

Depuis un mois, disons, il errait dans le nulle part, grain de sable perdu dans l'univers absurde et inutile. Seul. Seul comme avant d'être avec elle, seul comme après. Elle, extrêmement séduisante par sa profonde légèreté.

Pour savoir, il aurait fallu qu'il lise dans l'avenir. Mais pas possible.

Comme beaucoup de marionnettes du théâtre flamand, il avait alors à chaque regard sur le monde cherché un sens à la vie, se disant que vivre était un emploi à plein temps, oubliant qu'avant de chercher un sens, ou en même temps, il ne sait plus, il l'avait cherchée, elle. C'est comme ça. On dit chercher midi à quatorze heures.

C'était le temps de la quête du néant. En trois respirations, il se remplissait de vide.

Facile!

Elle s'était beaucoup amusée de leur rencontre et ils avaient compté au moins douze hasards qui les avaient réunis dans un petit bar de New York.

(*Le destin, qui est le désistement du hasard, est pour la fin de mon histoire.*)

Il a lu beaucoup de romans, cherchant une panacée dans les histoires d'amour fictives. Ridicule! car rien n'est plus triste que de répéter par transfert son tremblement de l'âme à l'infini, comme en enfer, déjà. Les personnages d'Orly, eux, se tordront de douleur.

Avez-vous déjà vu la mort vous faire un gentil sourire?

Heureusement il n'est jamais trop tard et, comme l'archer dans l'attente de l'intuition, il s'est tendu. Attente du vide de l'esprit. La flèche fonce vers où déjà? Pour une philosophie de l'oubli!

Dans les derniers temps, elle n'était plus la même, c'était le début de la fin, des rides en paroles. *À tel point que plus reconnaissable!*

L'amour absolu, c'est de la folie. Bien ou pas? Il s'était dit à lui, pour elle et lui, j'entends, qu'ils étaient ailleurs. Rien à comprendre. Tout perdu aussi. Lorsque même l'imagination est indolente.

Quelque chose s'est passé, ou *quelqu'un*, un minuscule changement a brisé le tout petit fil qui retenait leur parfaite immobilité. Lui marche pour oublier, elle, il ne sait pas. En fait, un ami lui aura dit, je l'espère:

«Un bon matin, après ton café, tu penseras: voilà, c'est effacé. Et tu en auras fini avec elle.»

Tu sais, on aurait pu commencer ainsi: ils étaient morts ensemble. En tout cas, elle. Lui? Il avait une grande déchirure, deux ou trois espoirs fugitifs et des gestes théâtraux.

C'est peut-être à cause de ses jambes qui étaient bonnes pour la marche, finalement? Il cherchait la vérité, une vérité, il va sans dire, très philosophique, un peu à la Schopenhauer. Il marchait et l'oubliait.

Son ami aura ajouté:

«Il faut attendre que ça se passe, prends deux aspirines.»

Crever l'abcès, se purger dans l'attente nocturne.

«S'il vous plaît, les somnifères, c'est combien?»

À un moment donné, la musique était impossible; la lecture puis la vie, surtout, avaient perdu leur sens. Le temps s'arrêta et le laissa s'abîmer dans les bras de tout le monde parce qu'elle n'avait plus de bras pour lui – je veux dire elle qui était avec lui.

«Moi, reprit l'ami, elle m'a mystifié avec *toujours*.»

Ils sont sortis et ont bu toute la nuit. Avant, il n'avait jamais oublié, même lorsqu'il buvait à s'endormir. Hier, il a oublié et ce matin il a eu peur. Alors, j'écris.

À quoi ça sert de parler toute une nuit? Comme cette nuit où, pour exalter le hasard, ils avaient joué aux dés et même après dix heures passées à périphraser sur la vie, ils s'aimaient encore.

L'indifférence, c'est le départ avant le départ.

Le destin lui a dit:

Ton copain, le hasard, t'a plaqué, t'as rien fait depuis elle, t'as exagéré, je m'occupe de toi.

Il a bien fait ça, personne n'en a idée...

* * *

C'est arrivé presque en même temps, si jamais il s'en souvient. Une autre fille lui avait dit qu'elle l'aimait.

Lui aussi, ça va de soi, mais il était déjà avec quelqu'un: il était avec elle.

Il lui a chuchoté doucement que c'était impossible, qu'elle rêvait. La fille l'a regardé mal dans sa vie...

Il ne lui a jamais dit, à elle, qu'une fille avait enjambé un pont pour lui, elle *qui était partie avec le voisin, eux qui, depuis le temps, devaient sûrement avoir le téléphone.*

Maintenant, c'est fait!

La maison

Hélène Beaulieu avait signé le contrat d'achat la semaine précédente. Après plus de cinq mois de recherches et de visites souvent pénibles, elle avait opté pour cette grande maison à l'allure ancestrale à la seconde même où elle l'avait vue.

Haute de deux étages, construite en bois, parsemée de fenêtres avec volets et embellie par des galeries aux deux niveaux, la maison contrastait avec les habitations voisines préfabriquées. Le «château», disait l'agente immobilière, remontait probablement aux premières décennies du siècle. Les entrepreneurs avaient dû le laisser là lorsqu'ils transformèrent cette ancienne plaine en de multiples «Habitations personnalisées, à moins de trente minutes du centre-ville, accessibles, sécuritaires et peu coûteuses».

Cette maison avait de l'âge, «du style», avait ajouté l'agente, «du style et de la chaleur». La vendeuse avoua qu'elle n'avait pas de renseignements précis sur l'origine de la maison ni sur son histoire, mais promit avec insistance de se renseigner. «Vous y serez parfaitement à l'aise, avait-elle enchaîné pour changer de sujet, et votre enfant pourra y grandir en toute quiétude.»

Charles avait 11 ans. Lorsqu'il avait vu cette vieille maison, il avait fait une grimace et avait lancé: «Comme elle est laide et vieille!» En entrant, il avait ressenti quelque chose d'étrange et s'était brusquement mis à trembler.

* * *

«Vous faites attention à cette boîte, elle contient ma caméra vidéo, vous la déposez au deuxième, je vous rejoindrai…» Hélène se félicitait d'avoir engagé une compagnie spécialisée dans le transport; les déménageurs avaient tout emballé, transporté, déballé et rangé selon les manœuvres précises qu'elle avait établies.

Le déménagement se termina à 22 h 00. Tout se déroula comme prévu, sauf une boîte de vidéocassettes qui fut égarée. Un des hommes jura qu'il l'avait déposée dans le salon, comme convenu, au pied de la vidéothèque, près du téléviseur; Charles expliqua que c'était un mauvais tour que la maison leur jouait. Hélène et les hommes rirent des propos de l'enfant; l'un deux demanda même à Charles si ce n'était pas lui qui l'avait cachée…

Hélène remercia les déménageurs, mit au micro-ondes des mini-pizzas et repoussa au lendemain le dernier jet du scénario sur lequel elle travaillait.

* * *

Vers deux heures du matin, Hélène fut réveillée par des gémissements d'enfant. Elle se leva, chaussa ses pantoufles, jeta un coup d'œil dans la chambre de Charles et le vit qui dormait à poings fermés. Elle descendit au premier et comprit que les pleurs émanaient du sous-sol.

Au bas de l'escalier, elle essaya en vain d'allumer une ampoule, puis se dirigea, à l'aveuglette, vers les gémissements qui s'amoindrissaient à mesure qu'elle s'en approchait. Elle aperçut une faible lumière rougeâtre et reconnut son vieux réveille-matin avec radio et chiffres digitaux lumineux. Elle se demanda qui avait bien pu le mettre là. Les gémissements reprirent; ils venaient de la radio. Hélène essaya d'éteindre l'appareil sans pour autant y réussir. Elle le secoua vigoureusement et remarqua une silhouette devant elle.

C'était une femme qui se déplaçait en chaise roulante; le haut de son visage était caché sous un voile noir. Elle parla mais étrangement ses lèvres demeurèrent fermées, comme si elles étaient soudées l'une à l'autre: «Partez de cette maison, c'est votre seul salut. Je vous en supplie, par la grâce de Dieu, allez-vous-en.»

Hélène demeura figée. Cette voix lui rappelait... «Quittez cette maison au plus vite, il en va de vos vies. La maison, elle est maudite... Si vous ne partez pas, elle vous aura à votre tour.»

Hélène s'approcha de la femme, souleva le voile et... se vit, là, sur cette chaise. Son visage, bien qu'encore jeune, paraissait appartenir à une autre époque, comme ses vêtements, du reste. La femme s'écroula par terre et disparut dans un nuage de poussière.

Hélène ne parvenait plus à bouger.

Une lumière blanche, aveuglante et brûlante jaillit tout à coup, et Hélène se sentit aspirée. Au moment où elle allait défaillir, elle entendit une voix: «an! han!» «hann!» «eil! oi!»

Les sons, lentement, devinrent plus précis: «Maman! Maman! Réveille-toi... Maman!» Hélène ouvrit les yeux et reconnut Charles qui se tenait debout, près de la porte. Il avait allumé la lumière et l'appelait. Elle était dans sa chambre, complètement trempée et haletante. Charles vint la rejoindre dans le lit. «Maman, qu'est-ce que tu as? Tu as crié très fort, tu sais!»

— Maman a fait un cauchemar, Charles, ce n'est rien.

Hélène était complètement exténuée, comme si elle avait avalé trop de somnifères avant de se coucher. Elle s'essuya le visage à l'aide du drap de coton, serra son fils entre ses bras et se rendormit instantanément d'un sommeil profond. Elle ne se réveilla qu'à trois heures le lendemain après-midi, avec la sonnerie du téléphone.

* * *

C'est en retournant au sous-sol, plus tard dans la soirée, pour se prouver qu'elle avait bien rêvé son... cauchemar, qu'elle trouva son radio-réveil, bien en vue, sur la boîte supposément égarée la veille par les déménageurs.

Elle chassa les pensées qui l'assaillirent. «Non, c'était le fruit du hasard, une coïncidence.» Elle se força à rire: la voilà qui tombait dans les mêmes pièges qu'elle avait tant de plaisir à créer dans ses scénarios: débordement de l'imagination et enchaînements gratuits de faits isolés. «Mais alors, se dit-elle, comment expliques-tu que tes pantoufles, ces mêmes pantoufles que tu as mises dans ton rêve, la nuit dernière, soient ici?...»

* * *

Une semaine plus tard, l'agente immobilière lui faisait parvenir un colis. Elle avait fait quelques recherches et avait trouvé un film qui concernait la maison. Les premières images du film, ou plutôt du court documentaire, montraient des travailleurs qui finissaient de raser un cimetière et arrachaient des pierres tombales. D'autres hommes clouaient des planches aux fenêtres et aux portes de la maison. Une église, plus loin, s'effondrait, créant un nuage de poussière. Les dernières séquences présentaient un prêtre qui bénissait des hommes et des femmes à genoux, avec en arrière-plan les maisons du village qui brûlaient.

Hélène hésita franchement entre le fou rire et l'indifférence. Elle entreprit de procéder par étapes, le plus rationnellement possible: il devait y avoir une explication; avec Hélène, il y avait toujours une explication. Dès le lendemain matin, elle irait vérifier les registres à la ville, recontacterait l'agente immobilière pour connaître l'origine de ce fameux film, interrogerait les voisins.

* * *

Charles fit à son tour un horrible cauchemar. Il raconta qu'il s'était retrouvé dehors, entièrement seul, derrière la maison. Des pierres tombales avaient jailli du sol, comme des explosions, et s'empilaient partout sur le terrain. Il dit que la maison le regardait et riait de lui. Charles avait ensuite reculé et tombé dans une fosse. Après, il s'était senti flotter dans les airs, comme un ange, et avait vu plein d'enfants pris dans la maison. «Maman, les autres enfants, ils étaient comme tout collés à la maison, elle les retenait prisonniers et ils pleuraient.»

Charles avait vu ensuite des hommes venir. Ils disaient que c'était la maison qui était la cause de leurs malheurs. Ils l'avaient condamnée et avaient brûlé le village, espérant décourager les autres familles qui auraient l'idée de venir s'installer dans cette plaine.

* * *

Les recherches d'Hélène n'aboutirent pas. Elle ne put retracer personne qui avait habité cette maison. Quant aux certificats, ou autres permis, ils n'existaient que depuis que la ville en avait pris possession, c'est-à-dire depuis six ans. Rien avant, et même si tout le monde trouvait la situation ahurissante, personne ne pouvait l'expliquer. D'ailleurs, avait noté un greffier, on n'avait jamais répondu aux annonces que la ville avait placées dans les journaux, à l'époque, pour retrouver le propriétaire. Jusqu'aux voisins qui ne savaient rien de cette maison même s'ils s'accordaient tous à dire que, d'après eux, elle était là depuis «toujours». Enfin, l'agente avait quitté son emploi et demeurait introuvable, n'ayant laissé ni numéro de téléphone, ni adresse.

* * *

Hélène venait de terminer le troisième scénario d'une série de douze; Charles fréquentait sa nouvelle école et s'était fait beaucoup d'amis mais, surtout, ne se plaignait plus de la maison. Même s'il continuait à faire des mauvais rêves, il disait qu'il allait mieux car, avait-il expliqué à sa mère, il avait trouvé un truc pour se protéger contre «elle». Mais Hélène, qui avait eu une dure journée, n'avait pas eu la force d'écouter les confidences de son fils.

À l'heure du souper, alors qu'elle préparait, comme tous les vendredis, un macaroni au fromage et à la viande, Charles perçut des bruits bizarres venant du deuxième étage. Il entendit les escaliers de bois craquer et sut que la maison le cherchait encore.

Le garçon, qui s'était levé, face à la télévision, frémit à la vue de la créature hideuse et répugnante. Elle allongea son unique bras et ouvrit des doigts griffus. Charles cria de toutes ses forces: «Non!» Il ne la laisserait pas faire. Il s'approcha du téléviseur et appuya sur la touche *pause* du magnétoscope. Le monstre s'immobilisa sur l'écran. Charles poussa un grand rire.

Hélène, alertée par le cri de son fils, arriva dans le salon: «Charles Beaulieu, lui dit-elle en élevant le ton, tu sais bien que je t'ai défendu d'écouter des films d'horreur. Tu vas me ranger cette cassette tout de suite.»

Le garçon tenta d'expliquer à sa mère que le monstre ne pouvait rien faire aussi longtemps qu'il était retenu par la touche *pause*, mais Hélène, qui n'était pas d'humeur à plaisanter, ordonna à son fils de ranger la vidéocassette. Charles, résigné, obéit.

*   *   *

Après deux mois, les recherches pour retrouver Charles n'avaient toujours rien donné; Hélène ne se pardonnait pas d'avoir grondé son fils. Si elle l'avait laissé regarder son film, il serait sûrement encore avec elle et ne serait jamais sorti tout seul à l'extérieur, comme l'avaient suggéré les policiers en découvrant la porte du sous-sol restée ouverte.

Hélène avait mis la maison en vente et quitté son emploi de scénariste. Sans Charles, sa vie n'avait plus de sens. Un soir, alors qu'elle finissait d'empiler les vidéos dans des boîtes destinées aux déchets, elle tomba sur le film que l'agente immobilière lui avait envoyé et décida de le revoir. Durant le visionnement, quelque chose piqua sa curiosité. Elle revint en arrière et distingua, entre les hommes et les femmes à genoux et le prêtre, une silhouette qu'elle n'avait pas remarquée jusqu'alors. Elle immobilisa de nouveau l'image: c'était une femme en chaise roulante et cette femme était la même que celle qu'elle avait *rencontrée* dans son cauchemar. Cette femme, c'était bien elle.

L'écran du téléviseur blanchit d'un coup et se fissura. Un rire démoniaque retentit: les chaises, les boîtes et les objets virevoltaient autour d'elle. Le rire reprit, plus long, plus lancinant. Elle se boucha les oreilles. Elle se sentit aspirée par l'écran du téléviseur qui implosa.

* * *

Hélène gisait maintenant à l'extérieur de la maison, au bas des marches, et se dit qu'elle avait tout de même réussi à sortir vivante de cet enfer. Elle tenta de bouger mais son corps ne répondit pas.

Deux femmes s'approchèrent d'elle, la soulevèrent et l'assirent sur une vieille chaise de bois munie de quatre roues. Hélène voulut crier mais aucun son ne sortit de sa bouche. La première femme dit à la seconde: «Depuis qu'elle a perdu son Charles, on l'a retrouvée paralysée et muette.» «C'est horrible, enchaîna la seconde, c'est cette maudite maison…» «Oui, reprit la première, cette maison, c'est le diable en personne…»

À la demande du prêtre, les femmes s'agenouillèrent en silence pendant que les hommes s'affairaient à clouer des planches aux fenêtres et aux portes de la maison, comme pour empêcher quiconque d'y pénétrer.

À l'horizon, on pouvait apercevoir les maisons du village qui brûlaient.

La taverne de l'ennui
Conte pour vieillards inutiles

À la taverne du coin, rangés autour d'une table comme une grappe de raisins dégarnie et séchée, sept vieillards édentés palabraient sur l'avenir de l'humanité:

— Ce sera ceci et cela.

Sur ces mots, ils glapirent et frappèrent du pied, agitant un verre de bière brune qui moussait et, à leur grand dépit, débordait.

Sept vieillards, six, si l'on distinguait la vieille, plus tordus les uns que les autres, formaient un cénacle quotidien autour de la même table usée et zébrée par les brûlures de cigarettes.

Le premier vieux, magistral et asthmatique, se leva et prit à partie les politiques, citant quelques torchons et livres à la solde. Perdant son souffle, le reprenant, devenant rouge de colère, il cria que depuis l'histoire du monde, ils pouvaient, eux, compter sur leurs septante doigts les quelques années d'harmonie de l'histoire. À court de souffle, râlant et blafard, il ajouta, non sans rafraîchir sa mémoire avec son calepin effeuillé, fier et statisticien: *environ deux cent soixante-huit années de paix au cours des trente-quatre derniers siècles...*

L'assemblée applaudit. Leurs yeux vitreux et exorbités cherchèrent sournoisement quelques témoins pour ovationner la performance. Mais ils étaient seuls et la grosse waitresse qui ronflait derrière son comptoir en faux chêne, n'avait pas d'ouïe pour leurs ergoteries.

Le vieux tira sa chaise et les craquements de ses os ne recouvrirent pas le bruit de la merde qui fuyait sous sa culotte. Quelques museaux aux narines poilues se levèrent mais l'odorat n'y était plus.

Un second vieillard se leva, renifla une morve brune et, d'un geste vague, chassa probablement une mouche imaginaire, ou une mauvaise odeur. Il déplia le bras au complet et offrit au regard de ses confrères un tour d'horizon de la salle de la taverne. Il commenta quelques objets burlesques qui encombraient les murs et le plafond. Sa silhouette, dans l'espace morne, paraissait presque irréelle et sculpturale dans le rai de lumière embrouillardée venant du vitrail bigarré. Il s'approcha d'un buste jauni et souffla pour le dépoussiérer. *Ici gît... Qui déjà?... Ah! qu'importe le nom, il aura parlé de la sagesse, de la raison ensuite, et...*, hésita-t-il, le temps de moucher son nez en trompette, *...et de la mort.*

Le silence emplit la salle. Les vieux se dévisagèrent nerveusement. La vieille se leva, raide, et se rassit. Un murmure s'éleva pour être couvert par les propos d'un troisième vieillard.

Celui-ci entreprit de démontrer que deux et deux, en addition comme en multiplication, faisaient, quoiqu'on y fasse, quatre. Personne ne trouva rien à redire. *On peut*, renchérit-il, *appliquer le même principe pour ce qui est de l'âme et du corps, il y aura toujours*, bégaya-t-il, *un corps..., quelque part qui..., j'ai oublié...*, lança-t-il en catimini, *j'ai oublié ce que j'ai mis toute ma vie à découvrir...* Le vieux cacha son visage ridé de honte et en larmes dans ses mains blanchardes. *J'ai oublié ma vie...*

Un vieillard se risqua à applaudir. Un second imita le geste, et un troisième, et les autres suivirent les premiers jusqu'à l'ovation.

La petite vieille se releva, raide. Moi, annonça-t-elle, *je vous raconterai la fin prochaine de l'élite* et, pour toute ponctuation, elle lâcha un pet long et sourd. L'assemblée ne parut pas remarquer l'incident. Avec un rire sinistre, se déhanchant vulgairement, elle décrivit comment son fils, un illustre artiste, mourut d'avoir trop aimé les hommes temporaires rencontrés dans les bars sombres. Elle rassembla ses forces, remonta ses rides et, dans une tempête de postillons, lança, froide et vicieuse: *né du cul, mort du cul!*

Des «Bravo! Splendide! Divin! Quelle merveille! Inégalé! Poétique! Et chef-d'œuvre!» fusèrent de part et d'autre. Les sept bouches contorsionnées entonnèrent en cacophonie:

Né par devant, mort par derrière,
bière, bière, jolie bière,
toute la journée à ne rien faire,
nous en buvons de la bière,
et à la grande fin, croix de fer,
couchés, serons-nous tous, dans une bière.

À ce chant stratégique, la waitresse adipeuse, trempée de sueur et sans âge, visage cousu de plaies rougeâtres et de gerbes de poils, s'éveilla douceureusement et, sautillante, s'en revint remplir les verres au rebord. Elle ouvrit la bouche mais sa langue tronquée n'émit aucun son. Les bras ballants, elle fit demi-tour et retourna, chancelante, s'assoupir derrière son comptoir.

Gna! Gna! fit un vieillard aux dents rares, jaunies par la fumée des cigarettes. *En ma qualité d'illustre et cinquième membre de notre épique confrérie, je pose l'ultime question: «Avant ou après?»* Il monta debout sur la chaise, appuya son sabot sur la table et reprit, dédaigneux: *Le présent de certains pays n'est même pas prévisible dans le passé de certains autres et après, on nous demande... Euh? Que nous demande-t-on déjà? Bah!* improvisa-t-il, *des marionnettes, nous sommes tous des marionnettes.* Le groupe s'immobilisa et les verres qui s'entrechoquaient un instant plus tôt devinrent silencieux.

Le sixième vieillard, autrefois défiguré par les débris de l'explosion d'une mine, cracha par terre et regarda un personnage sûrement imaginaire. *Pouak!* fit-il. Il sortit de sa veste froissée une montre dorée retenue par une fine chaîne de la même couleur et, d'une magistrale chiquenaude sur le pichet, réclama le silence. *Né du cul, pour sûr,* dit-il en mâchant une chique qu'il cracha aussitôt, *mais le monde se meurt, mes amis.* Il remit le temps dans sa pochette et annonça: *Qui faut-il être pour perdre des heures précieuses à questionner la vie pour savoir comment gagner des minutes inutiles?* Fier d'allure et du théâtre de son verbe, il cracha une nouvelle fois et murmura: *Un âne ou…un philosophe.* Il reprit contenance, redressa son veston à rayures vertes et ajouta, en se laissant choir sur sa chaise: *Mais surtout des vieillards!*

Le dernier et septième vieux se leva et lança: *Mais ce n'est pas du présent qu'il faut parler, madame et messieurs, c'est de demain, des jours meilleurs, du temps où nous serons tous dignes de fraterniser. De ces grands moments d'extase décrits par Aristote et Hegel. D'une science édénique. De ces temps où la vie sera gratis. De l'invention de l'immortalité. Du…*

— Utopique! coupa un vieux.

— Pire, dit la vieille, nous, nous serons tous morts!

— C'est vrai, enchaîna un autre, demain n'existe pas pour nous.

L'assemblée redevenue silencieuse supplia, tacite, le septième vieux d'apporter une réponse, une phrase, un mot, un geste pour les délivrer de cette évidence.

Les épaules douloureusement inclinées vers l'avant, il parla, résigné:

— J'avais oublié que nous étions si vieux. Il n'y a pas d'avenir pour nous. Pas d'espoir. Rien. Alors, pourquoi parler de demain?

— Oui, reprit la vieille, pourquoi?

La grosse waitresse, rêvant probablement à la vie qu'elle n'avait jamais eue, bien calée dans sa carcasse engraissée d'huile et de sucre, gazouilla, entre deux ronflements:

Rien que de la bière,
Tout se termine dans une bière.

Jeune fille en banlieue
Instruction morale en un acte

PERSONNAGES
VIRGINIA
MARIA, mère de Virginia
LIH, fiancé de Virginia
LISBETH, amie de Virginia
BORIS, médecin de famille

LIEU
Une salle immense et vide, infiniment vide. Virginia est assise sur une caisse de bois. Elle porte un manteau et pleure. Elle enlève son manteau et cesse de pleurer.

VIRGINIA. — Laissez-moi sortir! Maintenant, c'en est assez. Vous comprenez? Non, ils ne comprennent pas. C'est simple, je vais mourir. Non! Non, ce n'est pas possible, je suis déjà morte. Je suis fatiguée. Je pars. Je vais disparaître. M'évanouir dans l'oubli. Laissez-moi sortir. Peut-être me reste-t-il une chance? Allez savoir! Je vais me tuer. Vous entendez! Je suis morte.
Virginia se tue.
Maria entre.
MARIA. — Virginia? Ma chérie? Il faut partir, c'est l'heure. Mais où te caches-tu donc? (*Elle voit Virginia morte.*) Ah non! Tu ne vas pas recommencer! Virginia! Réponds-moi! Je te l'ai pourtant interdit. Je ne veux plus que tu te tues. Tu comprends? Allez, lève-toi! Ne fais pas l'imbécile. On doit partir, c'est l'heure.

Virginia vivante.

VIRGINIA. — Je suis épuisée. Va-t'en. Laisse-moi. Laisse-moi mourir.

MARIA. — Allez! Debout, ma grande. Ne faisons plus attendre les autres.

VIRGINIA. — Les autres! Quels autres? Ne me parle pas. Je suis seule.

MARIA. — Je suis avec toi, chérie.

VIRGINIA. — Ce n'est pas vrai!

MARIA. — Mais qu'est-ce que tu racontes? Tu as à peine vingt ans. Mets ton manteau.

VIRGINIA. — Non! Je n'irai pas. Je ne vais nulle part. Laisse-moi.

MARIA. — Réfléchis mon amour. Tu as tout ce que tu veux. Je ne vois pas pourquoi tu réagis comme ça! Allez, donne-moi la main.

VIRGINIA. — Je veux être seule. Je suis morte. Laisse-moi mourir.

MARIA.(*Qui gifle Virginia à la volée.*) — Je t'avais avertie de ne plus te tuer, aussi. Et puis il est trop tard. Nous allons être en retard. Viens!

VIRGINIA. — Je n'irai pas!

MARIA. — Toutes les fois, c'est la même chose. Tu devrais te le rappeler, pourtant.

VIRGINIA. — Ce n'est pas vrai.

MARIA. — Aussi vrai que je suis devant toi. Tu te plains constamment qu'on te retient enfermée, et lorsqu'on veut te sortir, tu refuses toujours.

VIRGINIA. — Ça, ce sont des mensonges.

MARIA. — N'oublie pas que c'est à ta mère que tu t'adresses. (*Elle gifle Virginia.*) Pauvre enfant.

VIRGINIA. (*Qui pleurniche.*) — Vous me retenez de force.

MARIA. — Pauvre petite. Personne ne t'oblige à rester ici. Tu es libre de partir à la minute où tu le voudras. Dépêche-toi, ils nous attendent.

VIRGINIA. — Je suis ici contre mon gré. Vous me gardez prisonnière et tu le sais.

MARIA. — Mais quelle imagination, chérie. Quelle tête tu fais! Je t'aime et tu le sais.

VIRGINIA. — Je ne partirai pas. C'est décidé. Je ne mettrai pas mon manteau.

MARIA. — Pense à Lih. Vous allez vous marier. Il t'aime beaucoup, tu sais.

VIRGINIA. — Lih! Je ne l'ai jamais vu.

MARIA. — Chérie! Calme-toi.

VIRGINIA. — Je lui ai dit non. Je le hais. C'est un sale con.

MARIA. (*Qui gifle Virginia.*) — C'est un jeune homme très bien. Je l'aime et il t'aime. Que veux-tu de plus?

VIRGINIA. — Je veux mourir.

MARIA. — Sois sérieuse, mon ange. Dépêche-toi. Ne les faisons pas attendre.

VIRGINIA. — Laisse-moi en finir!

Virginia se tue.

MARIA. — Petite conne! (*Elle lui donne un coup de pied dans les côtes.*) Qui penses-tu impressionner avec ton cirque?

Virginia vivante.

VIRGINIA. — Je ne veux plus vous voir.

MARIA. — Qu'est-ce qui t'arrive mon enfant! Dis-moi tout.

VIRGINIA. — Pourquoi vous ne me laissez pas seule?

MARIA. — Mets ton manteau, ils nous attendent.

VIRGINIA. — Je n'irai pas. Je ne l'aime pas.

Lih entre.

LIH. — Qu'est-ce qui se passe, ici? Qu'est-ce que vous avez?

MARIA. — Ce n'est rien. Virginia recommence à se tuer. Mais ça va déjà mieux, n'est-ce pas Virginia?

LIH. — Mais pourquoi fais-tu cela, Virginia, ta mère t'a déjà dit que c'était très mal de se tuer.

MARIA. (*À Lih.*) — Elle t'aime tellement. (*À Virginia.*) Dis-lui que tu l'aimes, ma chérie.

VIRGINIA. — C'est faux! Je le hais! Je vous hais tous!

MARIA. (*Qui gifle Virginia.*) — Elle qui est si gentille.

VIRGINIA. (*Qui pleure.*) — Tu m'as fait mal.

LIH. — Je t'aime tellement, chérie.

MARIA. — Tu vois comme Lih tient à toi. Vous serez heureux.

LIH. — Je travaillerai pour toi. Tu auras tout ce que tu désires.

VIRGINIA. — Jamais!

LIH. — Nous aurons des enfants et je t'apporterai des fleurs le vendredi soir.

VIRGINIA. — Si c'est mon cul que tu veux, tu ne l'auras jamais.

LIH. (*Qui gifle Virginia.*) — Ta gueule! Notre amour servira d'exemple à tous nos amis.

MARIA. — Remercie-le, ma fille, il est si gentil pour toi. Mets ton manteau, nous allons être en retard.

VIRGINIA. — Qu'il aille se faire pendre!

LIH. (*Qui lui donne un solide crochet du gauche.*) — Je t'aime, mon amour.

VIRGINIA. — Aie! Tu m'as fait mal.

MARIA. (*À Lih.*) — Un amour de douceur. (*À Virginia.*) Comme tu dois être heureuse! Maintenant, tu ne passeras plus jamais tes nuits seule.

VIRGINIA. — Plutôt crever!

MARIA. — Tu participeras à la vie! Tu partageras la vie! Tu donneras la vie! N'es-tu pas heureuse, ma chérie?

LIH. — Quels merveilleux projets que nous t'offrons!

VIRGINIA. — Vous allez me rendre folle.

LIH. — Chère amour! Naïve et spontanée comme une enfant…

MARIA. — Elle va découvrir le monde…

VIRGINIA. — Vous me faites vomir!

MARIA. — Petite fleur, va. (*Coup de pied dans le bas-ventre.*)

VIRGINIA. — Aie! J'ai mal.

LIH. — Regarde-moi! À quel jeu joues-tu? (*Il la gifle.*)

MARIA. — Nous t'aimons tant.

LIH. — Moi et ta mère ferons tout pour te rendre heureuse.

VIRGINIA. — Laissez-moi seule!

MARIA. (*À Lih.*) — N'est-elle pas mignonne!

Boris entre.

BORIS. — Ma petite Virginia serait-elle malade?

VIRGINIA. — Ne le laissez pas m'approcher!

MARIA. (*À Virginia.*) — Qu'est-ce qui te prend, chérie? Tu ne reconnais plus Boris.

BORIS. — Je vais l'examiner.

VIRGINIA. — Dites-lui de partir. Je sais ce qu'il veut.

LIH. — Elle a un excès de paranoïa.

VIRGINIA. — Chaque fois, il en profite pour me peloter. Il me dégoûte. (*À Boris.*) Tu n'es qu'un sale porc!

BORIS. — La ferme, petite idiote. (*Il la gifle.*) C'est une manie, ma foi! Tu es gentille, ouvre la bou-bouche.

VIRGINIA. — Ne me touche pas!

BORIS. — Tais-toi, petite vache! (*Coup de pied aux côtes de Virginia.*)

LIH. (*Qui retient Virginia.*) — Le docteur est ton ami, il va te guérir.

BORIS. — Montre-moi tes petites oreilles, mon enfant.

MARIA. — Ne bouge pas, mon trésor.

VIRGINIA. — Aie!

BORIS. — Maintenant, déshabille-toi!

VIRGINIA. — Ne le laissez pas faire, il veut me toucher.

LIH. — Fais ce que dit le docteur, mon tendre amour.

MARIA. — Tiens-toi tranquille, Virginia, ce n'est pas la première fois.

LIH. — Tenez, je vais vous aider.

BORIS. — Commençons par les seins.

VIRGINIA. — Non, ne me touche pas! Sale vicieux!

LIH. (*Qui donne un coup de genou à Virginia.*) — C'est pour ton bien, chérie.

VIRGINIA. — Aie! Aie! J'ai mal.

LIH. — Après l'examen, tu te porteras mieux. N'est-ce pas, docteur?

BORIS. — C'est assuré. Relève ta jupe, maintenant, ma petite Virginia.

VIRGINIA. — Maman! Ne le laisse pas faire. Il en profite pour me tripoter. Regarde! Il est bandé comme un chien sur une chienne.

BORIS. (*Coup de poing au ventre. Virginia tombe par terre.*) — Nous t'aimons tant, chérie. Ta mère prend soin de toi, Lih t'aime et je te guéris de toutes tes maladies.

MARIA. — Tu vois, nous nous occupons tous de toi. Nous t'aimons tellement.

BORIS. — Tu peux te revêtir, ma chouette, tu es en parfaite santé.

MARIA. — Tu vois comme tout s'est bien passé.

LIH. (*À Boris.*) — Elle n'a rien?

BORIS. — Je ne sais pas. Je ne pense pas. Et puis, quelle importance!

MARIA. (*À Virginia.*) — Tu vois, tu vas déjà mieux.

VIRGINIA. — Ça, je le savais déjà. Je n'avais rien et il en a profité pour…

BORIS. (*Qui la gifle.*) — Mais chérie, que vas-tu imaginer?

VIRGINIA. — Vous me rendez tous malade.

Virginia se tue.

MARIA. — Retenez-la!

BORIS. — Cette enfant a décidément de drôles d'idées.

LIH. — Il faut lui soulever la tête. (*Il lui donne de sévères gifles.*) Mon amour, réveille-toi. Hé!

Virginia vivante.

VIRGINIA. — Je suis morte.

MARIA. (*Coup de pied à Virginia.*) — Tu n'es pas morte, ma chérie. Qu'est-ce que tu penses?

LIH. — Vous me donnez un coup de main? Elle sera mieux assise.

BORIS. — Viens te reposer, petite.

VIRGINIA. (*À Boris.*) — Enlève tes grosses pattes de sur moi!

BORIS. (*Qui lui assène un coup de coude dans les reins.*) — Tu vas déjà mieux, n'est-ce pas, Virginia?

VIRGINIA. — Aie! Mon dos. J'ai mal.

MARIA. — Ma douce enfant. Tu es si chanceuse. Regarde. Nous sommes tous avec toi.

LIH. — N'oublie jamais tes devoirs, mon amour.

MARIA. — Il faut se dépêcher.

BORIS. — Tu te portes très bien, ma jolie.

Lisbeth entre.

LISBETH. — Virginia! Pourquoi fais-tu tout ce remue-ménage?

VIRGINIA. — Je veux mourir.

MARIA. — Il faut partir, ma chérie.

LIH. — Je t'attends. Je meurs d'impatience.

BORIS. — Mets ton manteau comme une grande fille. Nous t'attendons tous.

LISBETH. — Eh oui! Nous t'aimons tellement. Et moi qui t'adore, tu sais? Ce n'est pas bien de faire de la peine à sa meilleure amie. Allez, habille-toi. Et puis, il ne faut plus se tuer comme cela. Ça devient agaçant à la fin. Il faut être sage. Tu te rappelles lorsque nous étions enfants?

VIRGINIA. — Menteuse!

LISBETH. (*Qui gifle Virginia.*) — Tu vas obéir à ta mère, oui ou non? Je suis avec toi, mon amour.

LIH. (*À Boris.*) — Vous ne voudriez pas lui donner un tranquillisant? Ça l'aiderait sûrement.

VIRGINIA. — Non! Je vous en supplie. Il va encore en profiter. Je ne pourrai plus me défendre. C'est horrible. Non!

MARIA. (*Qui la gifle sans prendre garde.*) — Tu ne sentiras rien, ma chérie. Il t'aime tellement. Arrête de bouger comme cela. C'est pour ton bien.

LIH. — Je vais la tenir.

BORIS. (*À Lisbeth.*) — Baisse sa culotte.

LISBETH. — Sois sage, mon amour.

Boris lui fait une piqûre sur une fesse.

VIRGINIA. — Aie! Vous me faites mal. Vous n'avez pas le droit. Je ne veux pas.

LISBETH. — Tu as mal, ma chérie? Attends, je vais enlever le gros bobo. Comme lorsque nous étions petites. (*Elle lui donne un bec sur la fesse.*)

VIRGINIA. — Sale garce! Ne me touche plus. Va-t'en!

LISBETH. — Ta gueule! Tu sais tout ce que je ferais pour toi.

VIRGINIA. (*Qui pleure.*) — Je vous hais.

MARIA. — Tout ce qu'on fait, c'est pour toi, mon enfant.

LIH. — On ne pense qu'à te rendre heureuse, mon amour.

BORIS. — Laissons-la quelques minutes, le temps que le tranquillisant agisse.

Virginia se tue.

LISBETH. — Elle remet ça!

MARIA. (*Qui lui donne un coup de pied.*) — Ah non! Sale petite vermine! Lève-toi, ma chérie. C'est l'heure de partir.

LIH. — Écoute ta mère, Virginia. Tu vas te rendre malade. Allez, mets ton manteau.

BORIS. — Une belle fille comme toi!

LISBETH. — Je t'aime d'un amour unique. Nous t'aimons tous à notre manière. Dépêche-toi, chérie!

MARIA. — Tous tes amis t'attendent. Tu ne veux pas les décevoir?

BORIS. — Que penseraient-ils de toi, alors?

LIH. — Viens, Virginia.

VIRGINIA. — On me retient prisonnière.

MARIA. — Tu es libre comme l'air.

VIRGINIA. — Je veux mourir.

LISBETH. — Nous allons être en retard.

VIRGINIA. — Laissez-moi mourir.

LIH. — Qu'est-ce qui te prend? Tu es en parfaite santé. Veux-tu que le docteur t'examine? Donne-moi la main.

BORIS. — Veux-tu que je t'examine? Dis-nous ce que tu veux.

MARIA. — Tu te rends compte, ma petite, ils t'offrent le monde!

VIRGINIA. — Je suis morte.

LIH. — Dis-moi ce qu'il te plairait d'avoir.

VIRGINIA. — La paix. Allez-vous-en! Je ne veux plus voir vos gueules d'assassins.

MARIA. (*Qui la gifle.*) — Tu auras tout, mon enfant.

VIRGINIA. — Je veux mourir.

LISBETH. — Virginia, tu es la beauté en personne.

BORIS. — On dirait que les tranquillisants sont sans effet.

LIH. — Virginia, dis-nous ce que tu as, nous t'aimons tellement.

VIRGINIA. — Je vous hais. Je veux mourir.

MARIA. — Ma douce enfant.

Virginia crache par terre.

LIH. (*Qui lui donne un coup de pied.*) — C'est ta mère et elle t'aime comme une mère aime son enfant.

VIRGINIA. (*À Lisbeth.*) — Défais-moi de mes chaînes et je te donnerai mon corps.

LISBETH. (*Qui la gifle.*) — Mais vois toi-même, tu n'as aucune chaîne.

Lisbeth embrasse farouchement Virginia.

VIRGINIA. (*Qui repousse Lisbeth et s'adresse à Boris.*) — La proposition tient pour vous aussi.

BORIS. — Mais elle délire, ma foi.

Boris embrasse farouchement Virginia.

VIRGINIA. (*Qui repousse Boris.*) — À l'aide!

BORIS. — Tu es mignonne et nous t'aimons tous.

MARIA. — Mets ton manteau, ma chérie.

LIH. — Je t'attendrai jour et nuit. Je préparerai le lit.

VIRGINIA. — Laissez-moi, je vous en prie. Laissez-moi seule. Allez-vous-en!

LISBETH. — Cher ange, qu'est-ce que tu penses donc? Nous voulons ton bien.

Virginia se tue.

BORIS. — C'en est assez. (*Il gifle Virginia.*) Qu'est-ce qui lui prend? Viens t'asseoir, ma petite.

MARIA. — Mais ça devient agaçant, à la fin. Tu es libre, chérie. Que veux-tu de plus? Allez! Habille-toi!

Virginia vivante.

VIRGINIA. — Vous ne comprenez rien.

LISBETH. — Pauvre chérie.

LIH. — Aime-moi comme je t'aime!

VIRGINIA. — Laissez-moi!

BORIS. — Nous répondons à ta mauvaise foi par l'amour. Écoute ta mère qui a beaucoup vécu. Mets ton manteau. Nous t'aimons toujours.

VIRGINIA. — Vous me répugnez! J'ai mal au cœur à vous écouter.

Virginia se tue.

MARIA. — Sale petite chienne!

LISBETH. — Pauvre petite chérie.

MARIA. — Pauvre enfant. (*Elle la gifle.*)

Virginia vivante.

VIRGINIA. — Laissez-moi!

MARIA. — Je suis ta mère et par définition je t'aime.

LISBETH. — Je rêve de ton joli corps la nuit. Habille-toi.

VIRGINIA. — Je suis fatiguée. Laissez-moi me reposer.

LIH. — Je t'aime comme un homme aime sa femme.

BORIS. — Et moi comme un médecin, sa patiente. Dépêche-toi!

LISBETH. — Chérie. Ma douce petite chérie. Rappelle-toi au collège. Comme nous nous aimions.

VIRGINIA. — Sale garce.

LISBETH. (*Coup de pied au bas-ventre.*) — Je serai toujours ta meilleure amie, ma douce.

LIH. — Tu vois comme nous t'aimons. Embrasse-moi.

VIRGINIA. (*Qui crache par terre.*) — Salaud!

LIH. — Petite vache! (*Il lui donne un coup de pied au tibia.*) Dépêche-toi, mon amour. Nous t'aimons, tu sais.

MARIA. — Fais ton devoir, mon enfant. Tu vois comme ils sont gentils avec toi.

BORIS. — Maintenant, elle va mieux. N'est-ce pas ma poupée?

Virginia se tue.

LISBETH. — Tu as de si beaux yeux. (*Elle embrasse Virginia.*) Si romantiques. Si bleus.

Virginia vivante.

VIRGINIA. — Laissez-moi. Je suis morte.

MARIA. (*À Boris.*) — Elle ne fait pas de fièvre, pourtant.

BORIS. (*Qui tâte le front de Virginia.*) — Montre-moi ton front, mon enfant. Non, elle se porte à merveille.

VIRGINIA. — Laissez-moi dormir.

LISBETH. — C'est une manie, à la fin. Tu te rappelles au couvent? Nous étions les meilleures amies. Nous avions la même chambre, et souvent les mêmes désirs.

VIRGINIA. — Tu es complètement détraquée.

LIH. — Pauvre petite amoureuse. Viens que je t'embrasse. (*Il embrasse Virginia.*) Aie! Elle m'a mordu. (*Il la gifle.*) Mon amour.

MARIA. (*À Boris.*) — Vous êtes certain qu'elle n'est pas malade?

BORIS. — C'est plus qu'une certitude. (*À Virginia.*) Montre ta langue à ton docteur préféré.

Virginia crache par terre.

BORIS. — Petite salope! (*Il la gifle.*) C'est un ange. Elle a une santé de fer. Remercie ta mère, mon enfant. Tu as eu une éducation parfaite.

Virginia se tue.

LIH. (*Qui lui donne un coup de pied aux côtes.*) — Je t'aime tellement, Virginia. Dépêche-toi, il faut partir.

LISBETH. — Moi aussi, je t'adore. Tu es si belle. Tu te rappelles, au couvent?

VIRGINIA. — Je suis morte. Je vous hais.

MARIA. (*À Boris.*) — Vous pensez qu'elle est assez bien pour la journée?

BORIS. — Sans l'ombre d'un doute. Elle se porte très bien. Je l'ai tout à fait guérie.

Boris embrasse et caresse passionnément Virginia, passive.

LISBETH. — Tu vois, chérie, le docteur t'a guérie. Sois gentille avec lui.

LIH. — Mon amour, remercie le docteur.

MARIA. — Quelle chance as-tu!

BORIS. (*Qui délaisse Virginia.*) — Et si le malaise revenait, n'hésitez pas à m'appeler! Vous pouvez compter sur moi à tout moment.

LISBETH. — Merci docteur, vous avez sauvé notre adorée.

Boris sort.

LIH. — Elle se porte déjà mieux. Elle va mettre gentiment son manteau et venir avec nous. Tous tes amis t'attendent.

MARIA. — Il ne faut pas les décevoir. Il ne faut pas être en retard.

LISBETH. — Embrasse-moi, ma chérie. Je suis folle de toi.

Lisbeth embrasse et caresse passionnément Virginia, passive.

VIRGINIA. (*Murmurant sans conviction.*) — Laissez-moi.

MARIA. — Qu'est-ce qui te prend? Tu ne refuserais pas à Lisbeth une si belle amitié!

LIH. — Elles sont si belles ensemble.
Lisbeth laisse Virginia et sort.
LIH. — Tu es merveilleuse, Virginia. Mets ton manteau. Tu es si douce.
MARIA. — Deux enfants adorables. Dépêche-toi, mon aimée.
LIH. — Je t'attends, mon amour. Tout est prêt pour notre avenir. Viens, embrasse-moi avant que je ne parte.
Lih embrasse et caresse passionnément Virginia, passive.
VIRGINIA. (*Murmurant sans conviction.*) — Non. Arrête. Je ne t'aime pas. Tu me fais mal.
MARIA. — Ils sont si beaux, mes deux grands enfants.
VIRGINIA. — Ne me touchez plus. Je veux mourir.
Lih laisse Virginia et sort.
MARIA. — Tu vois comme ils t'aiment tous. Nous allons être en retard. Ils sont tous si gentils. Fais vite! Ils sont tous tes amis. Nous devons partir. Nous allons tous te rendre heureuse. Tu es si gentille, Virginia. Mets ton manteau.
Maria lui donne le manteau.
Virginia le met.
VIRGINIA. — Je suis si fatiguée.
MARIA. — Je t'attends, chérie. Nous t'aimons tous. Fais vite.
Maria sort.
Virginia qui pleure, se lève et sort.

L'homme aux livres

Enfin, France s'était décidée. Allongée sur le divan, elle attendait calmement le retour du médecin qui l'avait reçue immédiatement lorsqu'elle avait parlé de l'homme aux livres... Oui, il trouvait intéressant que... Mais France voulait-elle l'excuser un moment, il devait s'informer d'un colis en retard... Une urgence... Une question de...

France examina la pièce. Le divan était situé à proximité de l'unique fenêtre qui laissait entrer à profusion le soleil, seule source de lumière.

Sauf quelques surfaces encore visibles, tapissées de papier peint aux motifs désuets, les murs étaient recouverts de bibliothèques. Certaines étaient entièrement vitrées, d'autres en partie. Toutes débordaient de livres.

À sa gauche, la porte par laquelle elle avait été introduite était épaissie d'un capitonnage de cuir et probablement insonorisée. Le tapis oriental, aux motifs rendus à ce point méconnaissables que l'on hésitait entre le récit d'une guerre sainte ou celui d'une cérémonie païenne, conservait, malgré tout, son charme exotique.

Un secrétaire en cèdre blanc d'Amérique occupait le mur opposé. Le docteur devait prendre place dans le fauteuil assorti. Enfin, un poste de radio, encastré dans un boîtier disproportionné, était installé près de la porte. Haut de trois pieds, le meuble devait remonter aux années trente. France se proposa d'aller en vérifier le fonctionnement mais la porte s'ouvrit. Le médecin revenait.

L'homme, qui devait avoir une cinquantaine d'années, s'excusa du contretemps. France le regarda. Avait-il eu des ennuis? Il était soucieux. Des gouttes de sueur perlaient sur son visage vieilli. La veste de son complet était maintenant déboutonnée et la cravate défaite.

Il l'invita à se réinstaller sur le divan et lui demanda de raconter en détail cette fameuse histoire de l'homme aux livres. Elle n'avait qu'à se laisser aller: le récit se déploierait à son propre rythme.

— Je ne me rappelle plus exactement à quand remonte sa première visite…, peut-être dix mois. Je travaillais et je constatai qu'un homme… que cet homme se présentait assidûment toutes les semaines, le même jour et à la même heure. Il portait invariablement les mêmes habits, toujours impeccables: chemise bleu pâle, gilet de laine gris, veston marron foncé, pantalon de toile, souliers… Jusqu'à sa barbe qui était… toujours de la même longueur…

«En fait, ce ne sont pas tellement ces détails qui m'impressionnèrent. Il était facile de leur trouver une explication. Peut-être n'aurais-je même jamais remarqué l'homme si…, s'il n'avait pas toujours acheté le même livre… On n'achète pas toujours… L'avait-il perdu? Avait-il offert ses autres exemplaires? J'essayais de comprendre…, d'expliquer son comportement. Chaque semaine, l'épisode se répétait.

«L'homme entrait et se dirigeait immédiatement vers les rayons où se trouvait le livre. Sans hésiter, il prenait l'exemplaire (car il n'y en avait jamais plus d'un à la fois — aurais-je dû m'en inquiéter?) et il venait déposer sur le comptoir la somme exacte. Impossible de lui parler, il repartait sur-le-champ, l'air satisfait.

«De semaine en semaine, je me suis mise à le guetter impatiemment. Tous les mardis, à dix heures, je surveillais la porte pour le voir entrer et je le regardais répéter son manège qui était devenu une habitude.

«Bref, à l'exception d'une fois, le scénario se reproduisait invariablement. Ce jour-là, j'ai cru que c'était fini mais il se présenta. Oh! avec un léger retard (quinze? vingt minutes?), mais cette visite, plus que les précédentes, me troubla.

«L'homme paraissait fatigué, exténué. Son teint livide et son visage mouillé laissaient deviner qu'il avait dû courir. Dans sa hâte à se saisir du livre et à repartir, il oublia de me payer. Je ne pus réagir tout de suite car ce que je vis me paralysa: l'homme était plus âgé, beaucoup plus que les autres fois. Non! je ne rêvais pas. Il avait vieilli de… d'une dizaine d'années en une semaine. Ses cheveux avaient grisonné, sa barbe était plus épaisse et… blanchie. Même ses vêtements étaient troués à plusieurs endroits et prématurément usés… Je pus tout de même entrevoir sa chevalière: les initiales «VD» étaient incrustées dans la pierre gris-bleu. Pas de doute, il s'agissait bien du même homme.

«Sa vieillesse précoce subsista lors de sa visite ultérieure. J'essayai de lui parler mais il ne s'arrêta pas: seul le livre le préoccupait. Il déposa le double du montant sur le comptoir pour s'acquitter du livre impayé.

«Je voulus en savoir plus et je cherchai des moyens de l'aborder. Une fois, j'allai jusqu'à retirer du rayon l'exemplaire pour le ranger derrière la caisse. De cette façon, il allait être obligé de me demander le volume. Je pensais ainsi apaiser ma curiosité.

«Quand il entra, je tentai de lui dire que j'avais en ma possession le livre mais il se dirigea vers l'endroit habituel. Il chercha quelques minutes. Progressivement, il se mit à trembler. Je regrettai mon geste et pris hâtivement le bouquin et me dépêchai d'aller lui remettre. Je bafouillai des excuses. Il ne me répondit pas. J'empoignai sa main et y glissai le livre. Il le contempla longuement. Des larmes lui montèrent aux yeux. Il me regarda. On eut dit que je le libérais d'une malédiction. Je le raccompagnai jusqu'à la sortie. Cette fois, il me donna l'argent en main propre et s'enfuit avec son exemplaire. Je ne savais toujours pas ce que ce livre pouvait représenter pour lui, mais j'avais cru déceler dans son regard un début…, un rapprochement.

«Dans la même semaine, en revenant du travail, je le rencontrai dans le parc des Moines. Il était assis près de la fontaine et lisait. C'était l'occasion de faire plus ample connaissance. Je m'approchai et le saluai. L'homme referma brusquement son livre et me dévisagea comme si je le prenais en faute. J'allais m'excuser, me retirer lorsqu'il se leva et s'éloigna.

«Sa précipitation lui fit échapper le livre. Je le ramassai et y cherchai des indices. Je trouvai son nom: Victor Daubigny. Il correspondait aux initiales de la bague. Mais je découvrais beaucoup plus: toutes les pages qui précédaient le signet étaient blanches: les lettres semblaient effacées sauf quelques caractères fragmentés et dispersés.

«L'homme revint et m'enleva le livre des mains. Je lui proposai de l'échanger contre un autre exemplaire (sans défaut d'impression, cette fois) mais déjà il repartait. Je m'étais trompée; il n'y avait pas eu le moindre rapprochement. Je me fis donc à l'idée que je ne pourrais en tirer quoi que ce soit et, pourtant, ce que je venais de voir, sa récente… métamorphose, ses visites hebdomadaires, ce livre… Oui! tout cela aurait dû suffire pour que je comprenne.»

France se tut et espéra en vain une réaction du médecin.

— Ses visites, reprit-elle, se sont poursuivies encore quelques mois, jusqu'à cette semaine où je ne reçus pas le livre. Cette même semaine où je m'étais enfin décidée à le feuilleter. (Pourquoi avoir tardé aussi longtemps? Cette question, je me la pose encore.) Je l'ai commandé mais le distributeur ne le connaissait pas. Je lui ai bien dit que j'en avais reçu régulièrement depuis plusieurs mois; il affirma qu'il ne m'en avait jamais fourni. Je ne sais pourquoi, je me suis mise à le chercher partout. J'ai téléphoné aux autres librairies, mais on ne me renseigna guère mieux. J'ai questionné mes clients; personne n'en avait entendu parler. J'ai consulté les registres; il n'y figurait pas. Ce dernier échec confirma mes soupçons: ce livre n'existait pas, pas plus que son auteur. Je me résignai et souhaitai le retour de mon curieux visiteur.

«L'homme se présenta à son heure coutumière et fit le trajet habituel. Il ne jeta qu'un bref coup d'œil sur le rayon vide et se dirigea aussitôt vers la sortie. Était-ce possible qu'il ait su à l'avance l'inutilité de sa visite? Quand il passa près du comptoir, je demeurai muette. Je compris que je ne le reverrais jamais. Il sortit sans s'arrêter, le visage impassible comme ceux qui savent que leur dernière heure...

«Une semaine plus tard, je trouvai un autre élément à cette histoire pour le moins ahurissante. Dans le journal, un article attira mon attention. On racontait comment un octogénaire avait été retrouvé mort dans sa chambre d'hôtel. La description de l'homme était précise: les vêtements exagérément usés, un nom, «Victor Daubigny», figurant à l'intérieur du livre découvert dans sa veste, livre qui ne contenait que des pages blanches. Une différence, pourtant, mon client n'avait que la moitié de son âge...

«Cet octogénaire était l'homme de la librairie. Vous comprenez..., il s'alimentait à même le livre, inhumainement...»

France patienta quelques secondes. Elle goûta le calme de la pièce et, par-dessus tout, se sentit soulagée d'avoir raconté cette histoire. Elle ouvrit les yeux. Le soleil avait maintenant disparu: le cabinet baignait dans l'obscurité.

Elle s'apprêtait à se lever lorsqu'on frappa à la porte. Elle s'immobilisa et attendit que le docteur réponde (il l'avait donc écoutée tout ce temps dans le noir? Bah! se dit-elle, quelle importance!) La personne frappa de nouveau et entra:

— Courrier spécial. Voici le livre...

En ouvrant la porte, un rai de lumière s'étala progressivement jusqu'au secrétaire. Le livreur recula, ahuri. Dans le fauteuil où il croyait trouver son client hebdomadaire, il n'y avait plus qu'un vieillard cadavérique. Il laissa tomber le colis et s'enfuit en criant. France resta interdite. Elle s'efforça de nier l'évidence mais ce fut peine perdue.

Elle ramassa le livre. Hésitante, elle l'ouvrit, lut le premier paragraphe et sentit tout son être frémir. Aussitôt, un irrésistible besoin de continuer la fit tressaillir: son corps redemandait de la lecture. Lorsqu'elle voulut poursuivre, quelque chose la pétrifia: ce qu'elle venait de lire, oui, ces quelques lignes avaient disparu.

Le fou d'en bas
Parodie d'un double meurtre avec fin orthodoxe

Le réveil

Ce matin, en m'éveillant (me suis-je vraiment éveillé?), je me suis aperçu que quelqu'un m'avait tranché la gorge pendant mon sommeil. C'est en me voyant ainsi, couché en travers du lit, les membres étrangement disposés (le bras gauche tordu et replié sous mon corps, le pied du même côté tourné vers l'intérieur alors que la jambe, elle, louchait vers l'extérieur), le drap recouvert de sang dans la région du cou, (c'est en me voyant ainsi…, donc) que je commençai à douter de la réalité.

À peine venais-je de refouler une envie de vomir que le téléphone sonna. Je décrochai le récepteur, encore sous le choc (de mon assassinat?), d'une main tremblante et moite, et écoutai:

— Blanchet (c'était le poste de police), tu te rends immédiatement au 2424 rue de la Visitation, on vient de nous signaler un meurtre.

En remettant le récepteur à sa place, Blanchet remarqua qu'il était déjà sur lesdits lieux. Une situation qui d'ordinaire (si l'on excepte le meurtre) aurait été banale, maintenant s'emmêlait.

Le téléphone sonna encore. Il répondit:

— Allô!

— Jean, salut, c'est France. Je te rappelle que nous mangeons ensemble ce soir. Occupe-toi du vin (du blanc) et je m'arrange pour le reste. Je serai chez toi vers 18 h 00.

L'inspecteur savait bien qu'il n'était pas le *Jean* de cette *France*, mais joua tout de même le jeu (en bon inspecteur). «Qui sait, se dit-il, peut-être un début de piste?»

En raccrochant, l'inspecteur vit dans le miroir qu'il n'était plus lui ou, plutôt, je compris que je n'étais pas quelqu'un d'autre, ni mort d'ailleurs (mon corps n'était plus sur le lit impeccablement bordé). Décidément bizarre.

Donc, rapidement: il est 11 h 45, France vient souper vers 18 h 00. Je dois prendre un bain, me faire la barbe, courir au bureau terminer une série d'esquisses promises pour demain et revenir à l'appartement pour notre repas qui aura lieu, je l'espère, *en tête à tête*.

* * *

Nord

Un peu plus tôt, à l'autre bout de la ville, un homme commençait à détester son métier. Il avait pourchassé pendant toute la nuit des criminels qui s'évanouissaient chaque fois qu'il était sur le point de les arrêter. Foutus rêves! Heureusement, le téléphone sonna. Il prit le récepteur et écouta:

— Blanchet (c'était le poste de police), tu te rends immédiatement au 2424 rue de la Visitation, on vient de nous signaler un meurtre.

* * *

Ouest

À un autre bout de la ville, France venait de confirmer à Jean leur souper de ce soir. («Jean, salut, c'est France. Je te rappelle que nous mangeons ensemble ce soir. Occupe-toi du vin (du blanc) et je m'arrange pour le reste. Je serai chez toi vers 18 h 00.») À peine avait-elle déposé le récepteur que le téléphone sonna de nouveau. C'était le rédacteur du journal où elle travaillait. Il lui demanda de couvrir le meurtre d'un inspecteur qui se serait fait égorger durant la nuit. L'affaire promettait.

* * *

Lorsque je revins dans ma chambre, j'aperçus une nouvelle fois mon cadavre. C'était le temps de trouver une piste (moins à mon meurtre qu'à cette histoire). Et puis, essayai-je de me convaincre, ça doit être assez plaisant de jouer au détective, surtout lorsque c'est soi la victime. Je me vis dans le miroir.

Je n'étais plus moi ou, en tous cas, celui qui avait la gorge tranchée, là, sur le lit. Je fouillai dans les poches de la veste de ce corps inconnu que j'habitais maintenant et trouvai des pièces d'identité: René Blanchet, 32 ans, et... j'étais inspecteur à la CUM. Je scrutai mon (son) visage dans la glace: «Non, me dis-je, cette gueule ne vaut pas la mienne...»

* * *

René Blanchet enfonçait la porte du 2424 rue de la Visitation. Plus tôt, son supérieur l'avait appelé et dépêché sur les lieux. («Blanchet (c'était le poste de police), tu te rends immédiatement au 2424 rue de la Visitation, on vient de nous signaler un meurtre.») À l'intérieur, un homme gisait sur un lit, la gorge tranchée. D'autres policiers arrivèrent: photos, notes, constat(s), paroles échangées à propos de n'importe quoi, etc.

Ils repartirent. Blanchet s'entêta à chercher un sens à mon histoire. Il ne trouva pas l'arme qui aurait pu servir au crime (d'autant plus que je ne la mettrai pas dans ma «dite» histoire avant la page 92), même pas un petit indice.

On sonna à la porte. L'inspecteur alla répondre. C'était France (vous remarquerez ici que l'auteur a délibérément négligé le temps – exception faite de l'intrusion du détective – qui s'est écoulé entre le coup de téléphone de France à 11 h 45 et à son arrivée que je situerais à peu près vers 18 h 10).

— Salut Jean!

— Euh! (Jean? Vite, un miroir!)

— T'as bien acheté le vin?

— Le vin? C'est que… (Jean…Je suis redevenu Jean!), je téléphone au dépanneur du coin.

Jean téléphona: «Deux bouteilles de rouge, non, du blanc, et le journal, tous les journaux de la journée (qui sait, peut-être y verrai-je mon cadavre en première?)»

France continuait de me parler:

— Tu sais, Jean, aujourd'hui, on m'a demandé de couvrir le meurtre d'un policier dans le nord de la ville. Un dénommé Blanchet, on l'aurait égorgé pendant son sommeil. J'ai remarqué qu'un des manteaux accrochés à la patère ressemblait drôlement à celui que je t'ai offert le mois passé.

Encore une fois, le téléphone sonna:

— Blanchet, il faut que tu retournes rue de la Visitation, quelqu'un aurait vu de la lumière, paraît même qu'une femme y serait entrée.

— Je sais, je suis avec elle (… et voilà que je suis de nouveau l'inspecteur, c'est à en devenir cinglé).

— Fais pas le drôle…

— Bon! J'y vais.

Et France de reprendre:

— Qui était-ce?

— Un mauvais numéro, j'ai fait comme si…

— Jean? JEan? Jeâân?… (avec la même suavité que dans cette chanson de Brel où *elle* dit «Jacques? JACques? Jââcques?…) Si on faisait?…

— Quoi? Ah! oui. Ici? Dans la cuisine?

— Oui, ici…

* * *

Blanchet enfonça une deuxième fois la porte du 2424 rue de la Visitation. L'appartement était effectivement éclairé mais il n'y avait personne à l'intérieur. Or, là, des souliers de femme, ici, une chemise d'homme et, plus loin, des petites culottes (à qui?) posées sur le rebord de l'évier. La radio fonctionnait; Blanchet reconnut *Strangelove*.

There'll be times
When my crimes
Will seen almost unforgivable.

Alors qu'il s'apprêtait à en réduire le volume, quelqu'un sonna à la porte.

L'inspecteur cria (d'une voix d'inspecteur influencée par la voix d'un chanteur à la radio):

— E-N... trrrez!...!

— C'est la commande!

— L-A commmm... ANde? (Voyant le livreur le dévisager, il corrigea sa diction:)

— La commande?

— Le vin, les journaux!

(À n'y rien comprendre, mais que fait un bon inspecteur dans ces circonstances? Il joue le jeu.)

— Combien te dois-je? réussit-il à improviser, simulant le naturel.

— Seize et quarante-huit.

— Tiens! Garde tout!

* * *

Mode d'emploi

Bla bla bla bla bla bla bla bla bla bla bla bla bla bla bla bla bla bla bla bla bla bla bla bla bla bla bla bla bla bla bla bla bla bla bla bla bla bla bla bla bla bla bla bla bla bla bla bla bla bla bla bla bla bla bla bla bla bla bla bla bla bla bla bla bla bla bla bla bla bla bla bla bla!

— Qu'est-ce que c'est? demanda France.

— Rien de ce qui nous intéresse, seulement l'auteur qui dérape du récit. Hé! Toi, oui, toi, l'auteur! Si tu revenais un peu à notre histoire...

— Où en étais-je? répondit l'auteur.

— À la scène de la cuisine, me rappela Jean, nous étions en train de..., enfin, tu vois?...

D'accord, dit l'auteur, vous avez encore une heure...

* * *

Suite
Et fin anticipée
Nous revoilà (c'est étonnant comme le temps est relatif: quelques lignes blanches ont suffi pour…) et, avant que nous (les personnages, vous et moi) ne devenions autre chose que ce que nous sommes, abrégeons:

Jean se rhabille. France aussi. Quant à l'inspecteur, il enfonce une nouvelle fois la porte du 2424 rue de la Visitation. Il entre et trouve, dans la cuisine, un homme et une femme à la gorge tranchée. Dans ce cas (ça se complique), voilà ce qui va se passer:

À regarder les corps de plus près, j'en déduis qu'ils ont fait l'amour assez récemment (blouse déboutonnée, pantalon défait, souliers enlevés, etc.). Par conséquent, plusieurs choses dont:

1- Ils se sont mutuellement assassinés;

2- Ils se sont suicidés;

3- Blanchet, tout à coup, devient très mal à l'aise car il croit reconnaître le corps de l'homme gisant sur le plancher. Il le regarde de plus près, oui, c'est bien lui. Ou plutôt, Jean s'aperçoit qu'il n'est pas mort, que c'est un autre homme, un inspecteur qui est couché près de la femme, la gorge tranchée. Il se demande si, dans un accès de folie, de rage, mais surtout de jalousie (ou les trois ensemble), il ne les aurait pas assassinés. D'autant plus qu'il tient un grand couteau (l'arme du crime anticipée à la page 89?) dans sa main droite couverte de sang.

S'il était courageux, il trouverait la situation intéressante et essaierait de la résoudre calmement, en toute logique. Mais voilà, il n'est que l'ombre de lui-même. Profitant du fait d'être une ombre, il se dit qu'une ombre n'est pas responsable de quelque meurtre que ce soit et s'en lave les mains.

Refermant l'eau chaude, Jean attrape une serviette et s'essuie.

Que fera-t-il des deux cadavres? C'est la question qu'il se pose (et moi encore plus que lui et, pendant que j'y suis, je m'aperçois que je n'abrège pas tellement).

Style télégraphique: Il stationne son auto dans le fond de la cour/Descend les deux corps dans la valise arrière/Démarre/Roule une demi-heure/Arrive sur la lune/Plante le drapeau des Jeux olympiques/Et pense qu'il devra trouver une meilleure solution pour se débarrasser des corps.

Qu'à cela ne tienne, il est perspicace. Il soudoie l'auteur pour changer de rôle. J'en fais donc l'inspecteur. Mais il n'est pas au bout de ses peines car je lui glisse le fameux grand couteau entre les mains. Mais celui-ci, l'inspecteur, un peu plus rusé et avec plusieurs années d'expérience, fait disparaître ses empreintes sur l'arme et la fait passer dans la main de Jean, de France et de l'auteur (pour bien brouiller les pistes – dire qu'il en cherchait une plus tôt), et la dépose dans la poêle à frire. Dans son élan, il ouvre un tiroir, prend tous les couteaux et répète l'action citée aux lignes six et sept de ce paragraphe. Quant à leurs lieux de dispersion, il en mettra partout: dans le bain, les armoires, les placards, sous le lit, quelques-uns plantés dans les murs, sur la galerie, sur le toit, dans la voiture, à la poste, au musée, à l'église, à la Bibliothèque nationale, dans les pyramides, à Tokyo, Amsterdam, dans les nuages; des couteaux en acier, en plastique, des couteaux référentiels, théoriques, post-modernes, hégéliens…

«Et tant qu'à y être, se persuade-t-il, pourquoi ne pas faire la même chose avec les fourchettes, les égouttoirs, les livres, les tuiles du plancher, la peinture sur le mur, les murs eux-mêmes?…»

* * *

La chute

Depuis, une dizaine de mois se sont écoulés. Maintenant, il est assis à une petite table blanche dans une chambre aussi blanche et rédige une lettre que je m'empresse de vous retranscrire intégralement:

Chère maman,

Je viens (hier, la semaine ou l'année passée, je ne sais plus, j'ai toujours eu beaucoup de difficulté à démêler les jours les uns des autres) de résoudre une affaire tout à fait incroyable. Figurez-vous donc qu'on m'a demandé d'enquêter sur le double égorgement (meurtre ou suicide, ils ne savaient pas) d'un homme et d'une femme. Moi, j'ai vite compris que cela ne pouvait qu'être l'œuvre d'un fou. J'ai tout saisi, j'ai déduit qu'il devait y avoir un troisième personnage. J'ai donc réuni notre petit groupe: Patricia, Francis et moi. Nous nous sommes atta-blés dans la salle de lecture où je me suis lancé dans des expli-cations d'une envolée oratoire peu commune à l'homme de la rue. Et, écoutez bien ça, maman, j'ai réussi à prouver cartes sur table que le seul coupable, eh bien, ne pouvait qu'être moi. Patricia et Francis m'ont applaudi très fort, tu sais. On a beau-coup ri, aussi. Puis on a fait bouger la table: Bang! Bang! que ça faisait, puis Boum! Et puis elle s'est renversée. Mais on n'a pas arrêté là. On a tout jeté les livres par terre, des fois on les tirait à qui les lançait le plus loin. C'est là que les messieurs tout en blanc sont arrivés. Pour sûr qu'ils n'étaient pas contents. Ils ont couru après nous autres. Mais on court vite. Moi, ils m'ont attrapé le dernier. Je m'étais caché dans le bureau du docteur Blayren, vous vous rappelez, c'est lui qui avait témoigné quand ils ont dit que j'étais malade. Tu te rappelles, maman, quand il y avait eu ce meurtre à grands coups de couteaux, en haut de chez nous, le gars pis la fille qui saignaient de la gorge? Lui était dans la police, pis elle écrivait des choses dans les jour-naux. Le juge pensait que c'était moi parce qu'y avait le manteau que tu m'avais offert sur la patère, dans leur salon. Ben, il avait tort, la preuve, c'est que je suis pas en prison, je suis ici. En tout cas, finalement, quand ils sont arrivés, les messieurs tout en blanc, ils m'ont mis une camisole, qu'ils disaient, une camisole avec pas de manches, c'est-tu fou un peu, parce que tu peux même pas bouger les bras. Après on a retourné à ma chambre. Ils m'ont fait une piqûre, ils disaient que ça me ferait dormir. Ça tombait bien, je me sentais un peu fatigué avec toute cette course et les livres qu'on faisait des oiseaux avec. Bon, ben c'est tout pour à soir. Tu m'écriras un coup, pis tâche de me dire pourquoi y veulent pas que je sorte dehors. Des fois, j'aimerais ça, moi, aller voir les gens parce qu'ici, les autres sont bien gentils, mais y sont aussi très bizarres.

Ton grand garçon qui t'aime.

Jean-Louis.

XXX

P.S. Penses-tu qu'ils vont vouloir que tu me donnes un autre couteau pour ma fête?

One night stand

Nouvelle interactive de type réalisme poussé
Ou les pérégrinations insolites d'un gars
en quête de sensations charnelles
dans la jungle urbaine, perverse et vénérienne

Attention!
Cette histoire n'est pas une histoire ordinaire!
Vous allez lire une nouvelle interactive où vous déciderez vous-même du cours de votre soirée. Pour cette raison, il ne faut surtout pas lire les paragraphes de cette histoire les uns après les autres. Vous ne comprendriez rien et vous gâcheriez tout le plaisir de l'aventure. Vous devez donc vous reporter systématiquement aux paragraphes qui vous sont proposés. Il existe près d'une centaine de chemins pour engager votre soirée mais un seul pour la mener à bien. Bonne chance.

- 1 -

Étant reconnu par vos amis et parents comme une personne plutôt réservée, aimant la petite vie domestique de célibataire-rangé-ordonné-couche-tôt-sédentaire et même écolo sur les bords, vous ouvrez, suite à une impulsion morbide, le téléviseur. (Un acte assez banal en soi, mais hérétique dans votre cas, car vous avez épuisé votre ration mensuelle de soixante minutes de télé éducative).

Saturday night fever jaillit du petit écran. Vous êtes sidéré et tous les artifices de séduction déployés par John Travolta, au lieu d'insulter votre intelligence, réveillent en vous une sève originelle que vous aviez patiemment remplacée par un attachement soudain aux causes sociales de votre milieu. Si vous êtes très surpris par votre réaction frivole, instinctive et anti-intellectuelle et si vous décidez de sortir dans un bar pour apaiser vos désirs licencieux, allez au paragraphe 21. Par remords de conscience, il se peut que vous optiez pour une nuit de sommeil-porte-conseil, dans ce cas, allez au paragraphe 29. Ou, contre toute attente, si quelque chose d'inexplicable comme la sensation d'une révélation prochaine vous pousse à regarder le film jusqu'aux prochains messages publicitaires, allez au paragraphe 35.

- 2 -

«Entre deux points, la ligne droite, n'est-ce pas?» Mais avant que vous ne lui fassiez remarquer qu'une courbe peut aussi réunir deux points, elle tient à mettre les choses au «point»: «Pas question de relations sexuelles sans..., car il s'agit bien de relations sexuelles?» vous demande-t-elle. «Bien... Oui...», répliquez-vous, tout à coup hésitant. «Alors, enchaîne-t-elle, il n'est pas question que l'on fasse quoi que ce soit sans préservatif.» Vous allez aux toilettes du bar et vous déposez un dollar dans le distributeur prévu à cet usage. Puis un autre dollar et un autre et un autre et encore un autre dollar (les douze coups de minuit)! Vous sortez en trombe, hélez un taxi et vous vous dirigez *ipso facto* vers le premier hôtel.

Votre conquête vous confie, couchée sur le canapé, alors que vous la «cunnilingussiez», qu'il sera tout à votre avantage de porter le condom: il vous empêchera sûrement de contracter sa nostalgique blennorragie qu'elle traîne depuis six ans. Vous perdez, subitement, goût au plaisir et votre spaghetti sort par où il était entré, alors que la bouteille de vin, elle, choisit les narines, puis c'est le tour du dîner suivi du déjeuner. «Merde, ponctue-t-elle, quel cochon vous faites!» Vous partez d'un grand rire et mourez d'une syncope. Votre soirée, vous l'aurez compris, se termine ici... Impasse. Reprenez au paragraphe précédent...

- 3 -

Vous aimez toujours ce trajet rue Ontario car le quartier est tranquille, serein et presque méditatif. Or, sans prévenir, il pleut à verse et des clous à ciment mitraillent le pavé. Si vous choisissez de vous mettre à l'abri sous un porche de l'autre côté de la rue, allez au paragraphe 58. Par contre, si vous prenez cette pluie avec philosophie et chantonnez *I'm singing in the rain*, allez au paragraphe 19. La troisième solution serait de bifurquer vers le petit parc et de vous abriter sous son unique arbre. Dans ce cas, allez au paragraphe 53. À moins que vous ne préfériez retourner au paragraphe précédent...

- 4 -

Vous sortez. Prendrez-vous un taxi (allez au paragraphe 57) ou retournerez-vous avec votre compagne de la même manière que vous êtes humblement venu?... À pied! (Allez au paragraphe 52.) Vous pourriez aussi siffler la calèche qui tourne le coin de la rue (allez au paragraphe 23) ou, plus simplement, copuler là, appuyé au mur de pierre, faisant fi des passants et des qu'en-dira-t-on (allez au paragraphe 37). À moins que vous ne préfériez retourner au paragraphe précédent...

- 5 -

Et vous dormirez d'un seul trait, sans rêve, toute la nuit. Au petit matin, vous vous lèverez, «petit-déjeunerez» et irez travailler comme à l'accoutumée. Or, en cours de chemin, un chauffeur d'autobus de la STCUM, n'aimant pas la couleur de votre Mazda, l'emboutira. Vous vous en sortirez avec les deux jambes dans le plâtre. Au procès, tous les passagers de l'autobus témoigneront contre vous et en faveur dudit chauffeur qui était en fait une chauffeuse aux yeux très bleus, aux cheveux très blonds et au sourire invitant, sans parler des qualités plastiques de l'ensemble... Vous perdrez tous vos biens à la suite du procès, car vous aviez refusé de renouveler vos assurances, et les journaux vous feront une réputation peu enviable. Vous regretterez amèrement d'avoir abusé des somnifères et vous devrez attendre trois ans avant d'être en mesure morale, physique et financière d'affronter un autre samedi soir... Impasse. Reprenez au paragraphe précédent...

- 6 -

Vous regardez l'heure: une heure trente... Deux heures trente... *Last-call!* Dernier service! Vous commandez un Martini. Jusqu'ici, il y a bien plusieurs filles qui ont fait quelques «premiers pas», mais c'était soit pour aller danser, soit pour aller pisser. Trois heures moins le quart... Trois heures... Trois heures dix... Vous sortez, seul parmi les nombreux couples spontanés, et vous allez vous coucher en pensant que vous auriez peut-être dû les faire, les premiers pas... Impasse. Reprenez au paragraphe précédent...

- 7 -

Le chauffeur aux airs douteux, fanatiques et extrémistes, emprunte un trajet sinueux qui vous laisse perplexe. Alors que vous lui demandez des justifications, car le taximètre grimpe en flèche, il presse sur un bouton rouge et des vitres teintées vous enserrent à l'arrière de la voiture. Vous hurlez mais un gaz a vite fait son travail et vous perdez conscience. Vous vous réveillez de votre coma feutré en plein désert moyen-oriental. Des chaînes vous lient poings et pieds tandis qu'un colosse s'approche avec une batte. Il désigne l'entrée d'une mine creusée à même les dunes de sable et vous assène un solide coup de gourdin sur une épaule, question de mettre les points sur les «i». Vous voilà mineur malgré vous pour le reste de votre vie qui sera écourtée, car ici, on crève d'inanition et d'épuisement. Faites-en votre deuil, certaines personnes vont jusqu'à s'endetter pour suivre des régimes amaigrissants... Impasse. Reprenez au paragraphe précédent...

- 8 -

Mais celui-ci, voyant votre portefeuille s'ouvrir et laisser s'échapper du même coup huit billets de cent dollars (sans compter les petites coupures), perd le sens des responsabilités civiques, encaisse gentiment votre paie de vacances et vous envoie valser tête première dans un urinoir. Vous mourez étouffé, les narines et la gorge obstruées par les petites boules blanches destinées à tuer les mauvaises odeurs d'urine. Votre soirée fut une catastrophe... Impasse. Reprenez au paragraphe précédent...

- 9 -

Vous décidez d'emprunter diverses ruelles que vous aviez toujours évitées jusqu'à ce jour. Tout va bien jusqu'à ce que vous chutiez dans une bouche d'égout laissée à découvert par des petits rigolos du coin. Une horde de rats dégoûtants vous prennent en chasse et vous mordent à qui mieux mieux en prenant soin de s'en tirer avec le plus de chair possible. Vacillant, à demi conscient, vous réussissez à remonter à la surface. Coup de chance, une ambulance rôde par là et vous transporte d'urgence à l'hôpital. Les médecins, à l'aide de greffes savantes, réussissent à transférer la peau des fesses aux endroits blessés. Vous sortez de l'hôpital trois semaines plus tard, les fesses rachitiques, mais tout de même sans nez car c'est à cet endroit que les spécialistes ont manqué d'épiderme... Votre soirée fut un calvaire mais vous avez un moral de fer: vous vous rappelez qu'un carnaval visitera sous peu votre ville. Cette fois, c'est vous qui aurez le plus beau masque... Impasse. Reprenez au paragraphe précédent...

- 1 0 -

De fait, vous trouvez une hypothèse originale pour ce mémoire qui ronflait depuis dix mois. Vous courez à votre table de travail et commencez à rédiger un plan relativement élaboré pour les deux cents pages que vous comptez remettre aux vieilles peaux du jury d'évaluation. Vous aurez un diplôme en fin d'année, de l'aide sociale pour les deux suivantes, un psy pour les trois autres et, avec un peu de chance, une baise en bout de compte... Impasse. Reprenez au paragraphe précédent...

- 1 1 -

Le «barman» qui est aussi, en l'occurrence, le «doorman», vu qu'il s'entraîne assidûment aux haltères, vous demande si votre «verre d'eau», c'est sérieux? Si vous lui répondez non, allez au paragraphe 51, si vous lui répondez oui, allez au paragraphe 55. À moins que vous ne préfériez retourner au paragraphe précédent...

- 1 2 -

Bien fait pour vous! La prochaine fois, vous vous fierez moins sur vos connaissances cinématographiques: *Vol au-dessus...* Vous passerez les quinze prochaines années aux oubliettes et sortirez complètement taré après avoir avalé 27 375 antidépresseurs. Ce n'est qu'après deux autres années, tapi quelque part au Guatemala, que vous vous direz enfin: «Wow! quelle soirée...!» Impasse. Reprenez au paragraphe précédent...

- 1 3 -

Bon! Vous arrivez enfin au club de nuit. Vous laissez votre veston au vestiaire avec un bon pourboire et, qui dit pourboire, dit aussi à boire. Si vous vous dirigez directement vers le comptoir pour y commander une bière étrangère, allez au paragraphe 50. D'un autre côté, si vous optez pour une conscience sobre en vue de la Grande Séduction et demandez un verre d'eau fraîche *on the rocks*, allez au paragraphe 11. Enfin, si votre mauvaise graine délinquante remonte à la surface et que vous sortiez de votre poche de pantalon un dix onces de rhum et en buviez une deux trois quatre cinq grandes gorgées en catimini (derrière une colonne de ciment à l'abri des projecteurs multicolores), allez au paragraphe 48. À moins que vous ne préfériez retourner au paragraphe précédent...

- 1 4 -

La séance de flagellation qui vous marquera à jamais ne fait que débuter. Lorsque vous saurez ce qui vient «après», n'oubliez pas de nous en aviser. D'ici là, ne vous faites pas trop de mauvais sang... Bye! Bye! Impasse. Reprenez au paragraphe précédent...

- 1 5 -

Le jeune et trop beau rocker (qui a de la suite dans les idées) attend patiemment que vous vous rendiez aux toilettes qui sont discrètement éloignées au sous-sol et jamais fréquentées car trop dangereuses. Alors que vous poussez la porte pour y entrer, le jeune et trop beau rocker avec huit de ses jeunes et trop beaux amis vous bousculent dans un coin.

Coup de théâtre, ils découvrent que vous n'êtes pas une femme mais un homme. Deuxième coup de théâtre, vous découvrez à votre tour que s'ils aiment les femmes, ils ne détestent pas non plus les hommes. Ils vous homologuent à la queue leu leu en chantant un air de lambada. Découragé, complètement constellé et immensément coupable d'y avoir retiré un postérieur plaisir, vous vous taillez d'un geste assuré la veine jugulaire. Votre soirée, qui finit ici, «fut une débandade folle avec des cris et des rires...» (Loti) Impasse. Reprenez au paragraphe précédent...

- 1 6 -

Vous descendez les deux marches qui vous mènent à un demi sous-sol transformé en restaurant du genre: «cool man cool». Faute de places libres, vous vous joignez à un groupe de jeunes superficiels que vous trouvez très inutiles. N'empêche que le beau grand élancé de Jamaïcain aux longues tresses ensoleillées, aux commissures de lèvres hautement féminines, à la peau basanée et parfaite et à la voix musicale embrasse votre amie temporaire. Il la prend par la taille et se taille avec. Vous êtes stupéfait. Vous maudissez Dieu mais rien n'y fait: votre soirée se termine ici... Impasse. Reprenez au paragraphe précédent...

- 1 7 -

Vous vous déhanchez diaboliquement sur la piste de danse et, pris d'une poussée inexplicable (le rhum et la chaleur, sans doute), vous vous défoncez comme jamais, mais surtout comme un malade et tous les clients du bar se plaignent en cœur de votre piètre prestance – qui n'est pas sans rappeler un certain Travolta.

Le «doorman» qui est aussi, en l'occurrence, le «barman», vous empoigne comme un vulgaire sac de patates et vous défenestre. Allez au paragraphe 34. À moins que vous ne préfériez retourner au paragraphe précédent...

- 1 8 -

Les policiers, les ambulanciers et les pompiers vous courent après, armés de couvertures. On vous piège enfin et vous passez la nuit derrière les barreaux.

Le lendemain, vous vous expliquez au juge, et il comprend la situation, car le noble seigneur a aussi un petit «crisse» d'adolescent qui souffre d'exhibitionnisme contestataire.

Vous vous en tirez avec une amende de 1 000 dollars pour obscénité publique. C'est une soirée dont vous vous souviendrez longtemps... Impasse. Reprenez au paragraphe précédent...

- 1 9 -

Vous arrivez au club de nuit complètement détrempé. Vous poussez sur la porte mais elle refuse de s'ouvrir. Vous levez les yeux et apercevez la note: «Désolé, fermé pour rien.» Hors de vous, vous donnez un grand coup de pied dans la porte. Boum! La secousse se transmet jusqu'aux larges baies vitrées qui éclatent en mille morceaux. Le signal d'alarme se déclenche et l'autopatrouille stationnée au coin de la rue allume ses gyrophares. Allez au paragraphe 34. À moins que vous ne préfériez retourner au paragraphe précédent...

- 2 0 -

Dans la rosée nocturne, vous lui caressez les seins fermes et plantureux avec plaisir mais surtout avec vos mains. Du bout des dents, vous lui mordillez les mamelons en érection. De petits soupirs vous encouragent à pousser l'exploration au niveau inférieur. Vous relevez sa jupe, baissez le collant qui lui sert simultanément de slip et, alors que vous vous proposiez de lui conter fleurette du bout de la langue, vous vous butez sur une vergette. (Là, on peut dire que ça vous en bouche un coin.) Vous comprenez alors que vous vous êtes fait abuser par un transsexuel en cours de transformation et, avant que vous ne vous retiriez, vous recevez une giclée chaude dans le visage. Votre soirée, qui se termine ici, vous laisse un «goût amer» de déception... Impasse. Reprenez au paragraphe précédent...

- 2 1 -

Or, en passant devant le miroir bien suspendu au-dessus d'un énorme bouquet de fleurs plastifiées, quelque chose de cocasse attire votre attention. Vous riez de votre étourderie. Trois choix s'imposent alors. Vous sortez tel que vous êtes maintenant (allez au paragraphe 49); vous vous trouvez un air fatigué et pensez à la montagne de travail qui vous attend demain matin et préférez vous coucher (allez au paragraphe 29); ou vous vous habillez pour la Grande Circonstance en pensant à votre enfance et aux cérémonies dominicales où votre maman vous imposait des petits complets spéciale-ment achetés pour la messe du matin (allez au paragraphe 56). À moins que vous ne préfériez retourner au paragraphe précédent...

- 2 2 -

Vous vous apercevez dans la glace alors que vous alliez vous humecter la figure d'eau froide. Vous laissez le robinet cracher l'eau à grand jet et êtes complètement abasourdi à la vue des énormes boursouflures qui courent sur votre visage. Voilà! un souvenir s'impose à votre raison docile: vous êtes mortellement allergique à l'alcool. Votre cœur bat la chamade; vous avez de la difficulté à souffler et votre respi-ration se transforme lentement en râles. Demandez-vous de l'aide à un client qui entre alors (allez au paragraphe 8) ou choisissez-vous de dégueuler tout l'alcool que vous avez ingurgité dans la soirée (allez au paragraphe 42)? À moins que vous ne préfériez retourner au paragraphe précédent...

- 2 3 -

Vous perdez vite votre grand sourire; le conducteur est le mari de la douce. Le voilà qui monte sur ses grands chevaux, insulte «sa» souris de jument, et jure de vous transformer en viande à cheval lorsqu'il vous aura attrapé. Vous n'en croyez pas vos yeux, mais passerez tout de même le reste de la nuit à galoper... Impasse. Reprenez au paragraphe précédent...

- 2 4 -

Mais avant que vous n'ayez le temps d'expliquer que l'amour, le vrai, est supposé transcender le genre et le nombre, les races et j'en passe, le jeune desperado vous accule à son mur de briques et vous balance un coup de pied direct et percutant (*migi mae keage*) entre les deux jambes qui fait du passé absolu de vos érections... un futur relatif. Impasse. Reprenez au paragraphe précédent...

- 2 5 -

Vous vous trimballez à gauche puis à droite. Vous vous faites aller sur un air métallique de Bon Jovi. Vous vous aimez, vous aimez le monde jusqu'à ce que vous aperceviez une très ancienne conquête que vous aviez larguée comme une vieille paire de *running shoes*, d'autant plus qu'en l'espace de trois semaines, elle avait pris plus de soixante-treize livres. Fière de ses amas adipeux, la charrue fonce dans votre direction, écartant avec de grands gestes de canotier les pauvres danseurs ahuris, et vous lance cinq doigts recouverts de fines lames de métal (nous aurons reconnu, au passage, le gant meurtrier des films *Nightmare on Elm street*). Vous évitez la première attaque mais, à la seconde, la lame du majeur pénètre sous votre œil et le sort de son orbite. La moitié des danseurs sont pris convulsivement de nausées nauséabondes tandis que vous essayez inutilement de remettre votre œil en place. Votre soirée se termine ici... (Et votre vie puisque la troisième attaque se fait à cœur ouvert.) Impasse. Reprenez au paragraphe précédent...

- 2 6 -

Vous prenez de grandes respirations et vous pensez à l'avenir de l'humanité. N'aimiez-vous pas, vers la fin de votre adolescence, déconstruire le monde avec vos amis, autour d'une bouteille de vin pisseux, et le remodeler aux petites heures du matin alors que le soleil se levait avec votre envie de vomir? Vous souriez de votre naïveté passée et vous vous consolez en vous disant que vous, au moins, vous vous en êtes sorti. Vous aviez, vers la même époque, coupé symboliquement votre barbe plouc de gauchiste. «Ah! Comme la neige a neigé...» Vous sortez enfin de votre appartement et vos pieds lévitent littéralement. Opterez-vous pour la marche (allez au paragraphe 3), pour un taxi (allez au paragraphe 7), pour l'autobus (allez au paragraphe 43) ou pour votre économique Lada (allez au paragraphe 59)? À moins que vous ne préfériez retourner au paragraphe précédent...

- 2 7 -

Friand de rencontres fortuites (ou, comme disait le mystique Jung, «de hasards significatifs»), vous pensez à la scène du pommier et apercevez une église, un prêtre vous souriant, une ombre cruciforme sur le pavé étrangement produite par un vieux poteau de téléphone solitaire ayant échappé à la démolition par on ne sait quel effet du hasard, vous retrouvez entre vos deux pieds la médaille de sainte Catherine que vous aviez égarée à l'âge de neuf ans et vous entendez chantonner les anges «Hosanna! Hosanna!..». Voilà! Vous êtes fin prêt pour l'asile mais puisque votre défi-cience n'est pas apparente, l'Église vous intègre en son sein. Iiiiiiiiiiiiiaaaarrrkk! (Fin de soirée.) Impasse. Reprenez au paragraphe précédent...

- 2 8 -

La jeune femme vous écoute avec grand intérêt et vous êtes le premier surpris. Vous continuez donc à lui en mettre plein les oreilles sans pour autant oublier de lui offrir un deux trois quatre drinks. Lorsque vous voulez payer la cinquième consommation, vous vous apercevez que vous n'avez plus assez d'argent. Vous regardez la jeune femme avec des yeux implorants mais elle vous dévoile son majeur d'un geste théâtral. Le «barman» qui est aussi le «doorman» (*sic!*) vous met à la porte à grands coups de pied au cul... Impasse. Reprenez au paragraphe précédent...

- 2 9 -

Mais après seulement quelques minutes d'un léger sommeil, vous vous réveillez en sursaut. Vous rêviez que d'horribles rats enragés vous couraient après dans les égouts souterrains de la ville et s'apprêtaient à vous faire cuire dans une grande marmite avec des carottes et des brocolis. Vous vous levez, encore en nage et si vous optez pour un bon bain chaud, allez au paragraphe 46. Si vous préférez les solutions rapides et vous vous recouchez avec deux somnifères, allez au paragraphe 5. À moins que vous ne choisissiez de retourner au paragraphe précédent...

- 3 0 -

Votre conquête vous sourit de toutes ses dents, vous embrasse éperdument, vous tire par la cravate jusque dans son antre. Là, après avoir bu un deux trois quatre grands verres de champagne, vous vous évanouissez. À votre réveil, approximativement trente minutes plus tard, vous vous retrouvez (nu) attaché à un lit et votre compagne, entièrement vêtue de cuir (exception faite des zones érogènes), lève haut un fouet et vous demande: «Avant ou après?» Ne comprenant pas à quoi elle se réfère ni de quoi elle parle, et comme elle ne semble pas vouloir vous en dire davantage, vous choisissez au hasard. Si c'est «avant», vous allez au paragraphe 14, si vous optez pour «après», allez au paragraphe 45. À moins que vous ne préfériez retourner au paragraphe précédent...

- 3 1 -

La pluie a eu raison du pommier foudroyé ainsi que du tandem provisoire que formaient la pute et son client, de telle sorte que lorsque les pompiers arrivent, il ne reste plus rien à éteindre. Bien déçus de ne pas pouvoir arroser un feu, les sapeurs-pompiers vous reniflent et trouvent que vous sentez l'essence sans plomb. «Voilà le pyromane!» s'écrie l'un deux. Trois agents de la paix vous agressent jusqu'au poste où ils durent avouer, à leur très grand regret, que vous ne sentiez pas l'essence (comme l'avaient cru les arroseurs) mais l'alcool qui s'était écoulé de votre flasque. On vous relâche donc. Il est quatre heures du matin. Vous marchez trois coins de rues en sacrant à bâtons rompus («ostie de crisse d'épitaphe de vieille cenne torbâtt de câlisse...») lorsqu'une autre auto-patrouille se gare près de vous. On vous demande vos papiers, question d'être sûr que vous êtes bien vous. En fouillant dans vos poches, vous vous rendez compte que vous avez oublié votre portefeuille au poste de police. Les agents ne vous croient pas et vous coffrent pour vagabondage. C'est votre première nuit derrière les barreaux... Impasse. Reprenez au paragraphe précédent...

- 3 2 -

Les policiers, les ambulanciers et les pompiers vous courent après, munis de camisoles de force. Vous réussissez à leur échapper pendant un moment, mais au coin des rues Ontario et Saint-Hubert, ils vous attrapent. Sans procès (superflu), on vous enferme à l'asile Louis-H.-Lafontaine. Deux solutions s'offrent à vous. Ou vous choisissez de faire le fou dans l'espoir de profiter du premier relâchement du personnel pour vous évader (allez au paragraphe 12), ou vous vous révoltez et criez fort à l'injustice et au malentendu invoquant tous les saints du calendrier des Caisses populaires (allez au paragraphe 41). À moins que vous ne préfériez retourner au paragraphe précédent...

- 3 3 -

Vous vous retrouvez chez la voisine en moins de deux. En moins de trois, vous êtes entouré de quatre grandes amazones aux tignasses rebelles. Or, pas de chance: ici, avant de manger le mâle, on le fait cuire... Impasse. Reprenez au paragraphe précédent...

- 3 4 -

Au poste de police, vous avez tort avant, pendant et après l'interrogatoire. Outre le fait que vous devrez défrayer le coût des vitres du club de nuit (1 500 $), vous vous sentez humilié de vous être déshabillé trente-sept fois pour fouilles complètes (car les chiens ont salivé à tous les tests anti-drogue), mais surtout, vous avez appris à vos dépens le truc du bottin téléphonique (qui est le même que celui du dictionnaire). C'est le cas de le dire, ce fut un samedi soir bien assommant... Ce n'était pas un bon choix. Vous pouvez retourner soit au paragraphe 11, soit au paragraphe 3.

- 3 5 -

En bon anthropologue amateur, vous vous dites que, faute de qualités esthétiques, ce film est un indice sociométrique des stéréotypes culturels des groupes sexuels que représentent les mâles et les femelles hétérosexuels de l'Amérique du Nord de la fin des années soixante-dix. Vous êtes assez content de votre analyse et vous poussez plus avant l'écoute du film, espérant peut-être trouver là une hypothèse provocante pour votre mémoire qui n'avance plus depuis des lunes (allez au paragraphe 10). Mais si, au contraire, vous avez l'impression de voir dans ce film une mascarade grotesque des derniers balbutiements de producteurs attardés, l'ennui vous gagne et vous vous endormez (allez au paragraphe 29). Encore, il se peut que vous fermiez votre téléviseur parce que Vidéotron (pour faire changement) éprouve des difficultés de retransmission avec le câble. Dans ce cas, la chose la plus sage à faire est d'aller prendre un bon bain chaud (allez au paragraphe 46). À moins que vous ne préfériez retourner au paragraphe précédent...

- 3 6 -

Entre une gorgée de tequila, une «pof» de hasch, une bouffée de cigarette et une barre Caramilk, derrière ses verres fumés et son épais maquillage, la jolie (?) rousse vous fait l'éloge de la confiance en soi et se lance dans la justification du second chapitre de la cinquième partie de la *Phénoménologie de l'Esprit* de G. W. F. Hegel: «L'individualité qui se sait elle-même réelle en soi et pour soi-même.» Vous lui dites que vous avez déjà lu ce chapitre et que vous reviendrez lorsqu'elle sera rendue au second tome. Pour l'instant, vous vous retournez et abordez la blonde (allez au paragraphe 2). À moins que vous ne préfériez retourner au paragraphe précédent...

- 3 7 -

Vous la regardez comme on regarde un film et, d'une voix feinte, lui roucoulez: «T'es mon amour, de la tête aux fesses...» Elle sourit pâlement et vous dit: «Non, pas comme ça, pas ici, pas de ça...» Mais cela ne vous décourage pas. Vous la serrez contre le mur, relevez sa jupe, baissez votre pantalon, fermez les yeux, dirigez votre bouche vers la sienne et lancez un grand cri baroque. Son genou vous a frappé si fort que la position de vos «roubignoles» défie la physique qui dit pourtant que «tous les corps matériels s'attirent en raison directe de leur masse et en raison inverse du carré de leur distance». Non contente de remettre en question la loi gravitationnelle, elle crie à l'immoralité et «À l'aide!!!» Douze gaillards sortis directement du bar vous apostrophent, vous soulignent que cette jeune fille n'est nulle autre que leur sœurette, vous accordent trois minutes de répit (le temps de vous inverser dans un coin noir) et vous conjuguent en formes, en modes, en personnes et en nombres intégraux le verbe «souffrir». Fin de soirée... Impasse. Reprenez au paragraphe précédent...

- 3 8 -

Au lieu d'aller dans le club de nuit de votre quartier, vous vous faites conduire au centre-ville dans un bar rocker.

Vous aimez ce contact que les clients ont entre eux: il est direct, primaire et sans ambiguïté. Tout se passe à la surface. Pas de doute ici: «s'effacer, c'est *faire du sens*». Comme preuve à l'appui de vos divagations théoriques, un beau jeune Elvis vous propose, sans l'ombre d'une introduction et passant du coq à l'âne (c'est-à-dire de rien à tout – c'est McLuhan qui en aurait été fier), de vous sauter contre un garde-fou de ciment moite et rugueux. Ne pouvant résister à ce jeune mâle autoritaire, et contre toute attente, vous le suivez sur-le-champ (allez au paragraphe 24). Ou, à l'opposé, vous l'envoyez se faire foutre car, bien que vous soyez déguisé en femme-allume-cigarette, c'est une femme (nom de Dieu!) qu'il vous faut (allez au paragraphe 15). À moins que vous ne préfériez retourner au paragraphe précédent...

- **3 9** -

Elle vous demande de fermer les yeux un instant pour que vous puissiez goûter à l'ensemble, lorsqu'elle ouvrira les lumières de son immense espace, d'un seul coup d'œil. Vous êtes, en effet, très impressionné. Une centaine (c'est un chiffre très conservateur) de téléviseurs sont posés un peu partout dans l'unique pièce aux dimensions communautaires et diffusent tous la même image: vous-même. Vous comprenez vite le stratagème qui consiste en une caméra vidéo qui retransmet directement les images qu'elle capte. La jeune femme vous invite à vous asseoir sur un sofa orangé vif et commence à se déshabiller en mettant en fonction trois autres caméras. Vous êtes époustouflé.

Des dizaines d'images différentes de la même fille qui enlève sa chemise bouton par bouton vous parviennent de toutes parts, des images plus vraies les unes que les autres, en plan moyen, en gros plan et en très très gros plan; des images au ralenti, en accéléré, en noir et blanc et en couleurs. Vous êtes en tumescence complète. La fille vient de faire glisser son pantalon et dévoile une culotte en dentelle fine et transparente; vous vous laissez bercer par la musique que vous reconnaissez tout à coup: *Staying alive*. Vous vous dites que ce n'est pas possible, que vous rêvez et vous vous réveillez secoué dans votre salon, à moitié endormi sur votre vieux canapé, aveuglé par les images de *Saturday night fever*, en état de détumescence complète. Votre soirée se termine ici; vous avez liquidé vos munitions... Impasse. Reprenez au paragraphe précédent...

- 4 0 -

Vous affrontez la petite mer de clients en zigzaguant adroitement et attaquez fièrement les trois marches qui mènent au minuscule salon que vous devrez traverser avant de vous rendre aux toilettes (ouf!). Vous vous butez à un client à qui vous souhaitez tout ce qu'il veut dans la mesure où... «Diable!» vous dites-vous en voyant cette jeune collégienne vous faire un grand fendant de sourire. Allez-vous l'accoster directement (allez au paragraphe 60), allez-vous soulager votre vessie en vous disant que ce petit manège vous donnera amplement le temps de préparer un plan d'attaque (allez au paragraphe 22), ou reconnaîtrez-vous cette voisine qui vous écrivait des lettres enflammées lorsque vous étiez marié et fidèle (allez au paragraphe 33)? À moins que vous ne préfériez retourner au paragraphe précédent...

- 4 1 -

Les infirmières, les infirmiers et les préposés aux bénéficiaires vous immobilisent et vous injectent un puissant tranquillisant. Vous tombez dans un profond sommeil et vous ne vous réveillerez plus jamais car l'institution, fortement secondée par une batterie de psychiatres, de psychologues, de neurologues et j'en passe, a pratiqué sur vous une lobotomie. «Voilà pour les grandes gueules», avait crié fort le directeur du département. Consolez-vous, et dites-vous qu'il y a peu de gens qui peuvent se vanter d'avoir eu un samedi soir aussi... débile. Impasse. Reprenez au paragraphe précédent...

- 4 2 -

Mais encore une fois, votre jugement vous a trompé: ce qui fonctionne à merveille dans les films français ne réussit jamais dans la réalité, vous devriez le savoir. Vous vous étouffez avec vos doigts qui restent coincés dans la région du pharynx. Votre portefeuille tombe par terre et le quatre pour cent que vous veniez d'encaisser s'éparpille sur le plancher. Cinq clients se le partageront avant d'appeler une ambulance. L'un d'eux commentera, à la vue de votre cadavre: «Bien mon vieux! C'est ce qu'on appelle passer du rhum à la bière...» Impasse. Reprenez au paragraphe précédent...

- 4 3 -

L'autobus arrive et la chauffeuse aux yeux bleus ouvre toutes grandes les portes du véhicule. Vous vous dites que vous lui avez fait tout un effet pour qu'elle immobilise ainsi son véhicule. Or, vous comprenez que ce n'était pas votre entrée qui la pressait, mais plutôt la sortie d'une douzaine de skinheads sous-doués. Au passage, l'un de ces attardés d'extrême-droite vous poignarde à la hauteur du foie. Avant que l'on sache ce qui se passe, vous trépassez. Votre soirée se termine ici, ma foi... Impasse. Reprenez au paragraphe précédent...

- 4 4 -

La femme, qui n'est pas sans vous rappeler une fille entrevue, il y a de ça belle lurette (ce souvenir vous rassure), vous sourit et vous êtes très content de vous. Audacieux comme jamais, vous l'invitez à boire un café à votre appartement. (Et elle accepte.) Déjà, vous imaginez les positions érotiques les plus évoluées du *Kama Sutra* se succéder à un rythme endiablé. Tout le long du trajet, elle demeure silencieuse et vous discourez sur les quatre grands rêves de l'humanité de Michel Dumas: «La Passion amoureuse, Voler, Aller sur la lune et l'Immortalité biologique».

Ce n'est que sur le canapé que la douce se confie et vous défile sans ponctuation son récit autobiographique noir de qualificatifs tels que brutalité abus agression attentat contrainte prendre de force attacher maltraiter violer molester obliger outrager rapt ravisseur torturer tyranniser inceste... Alors qu'elle s'offre à vous, poitrine découverte, vous vous sentez immensément et inexplicablement coupable et vous vous émasculez en témoignage de solidarité avec les mouvements féministes. Impasse. Reprenez au paragraphe précédent...

- 4 5 -

La séance de flagellation débute. Vous comprenez qu'«après» signifiait le fouet. Lorsque vous saurez ce qui vient «avant» (c'est-à-dire «après»), vous vous direz que la belle qui fait claquer son fouet avait des idées bien arrêtées... Impasse. Reprenez au paragraphe précédent...

- 4 6 -

Vous arrêtez l'eau du bain. La mousse rosée déborde de millions de petites bubulles. Les miroirs sont embués et un léger brouillard enrobe l'espace. Vous vous déshabillez non sans bomber le torse de félicité et vous entrez le pied gauche dans l'eau qui est chaude et réconfortante. Alors que vous y mettez tout votre poids, votre pied glisse et vous vous renversez. Pendant la chute, vous comprenez que votre pied reposait sur le savon et non sur la base du bain. Votre crâne heurte le porte-serviettes et s'ouvre grand pour laisser jaillir un long jet de sang rouge. Vous vous évanouissez naturellement à la vue du sang que vous n'avez jamais pu supporter et vous vous noyez sans effort. Comme vous l'auriez dit vous-même en pareille circonstance: «Une autre soirée tombée à l'eau...» Impasse. Reprenez au paragraphe précédent.

- 4 7 -

Bravo! Vous avez réussi! Vous montez les marches et entrez avec votre compagne dans votre cinq et demi. Vous touchez au but: c'est la fin de notre histoire, les préliminaires de la vôtre. Or, laissez-vous tout de même inspirer par la description qui suit et peut-être vous sentirez-vous plus disposé à caresser la conclusion qui n'attend plus que vos trois points de suspension... «*Elle était extraordinairement attirante, un peu comme un mélange de satin et de velours. Ses yeux étaient noirs et brillants, sa bouche écarlate, sa peau reflétait la lumière. Son corps était parfaitement proportionné. Une ligne mince qui n'empêchait pas des formes provocantes et pleines. Sa taille très fine faisait ressortir encore davantage sa poitrine. Elle avait un dos de danseuse dont chaque mouvement mettait en valeur ses hanches bien dessinées. Elle souriait. Elle gardait entrouvertes ses lèvres pleines et pulpeuses. Il n'existait rien de plus doux que sa peau. Quelle envie de faire glisser cette robe fragile et de dégager ses seins dont la rondeur faisait tendre le satin...*» (Extrait de *Venus Erotica* d'Anaïs Nin.)

- 4 8 -

Une immense et maternelle chaleur vous envahit. Vos diverses barrières psychologiques et autres interdits s'estompent les uns après les autres et vous vous transmutez en séducteur de type «casanovaesque». Il vous semble qu'il n'y a plus rien à votre épreuve. Irez-vous envisager la glace des toilettes pour estimer votre nouvelle image de commerce (allez au paragraphe 40), vous dirigerez-vous vers la piste de danse pour parader votre Beauté (allez au paragraphe 25), attendrez-vous que ce soit «elles» qui fassent les premiers pas (allez au paragraphe 6), ou aborderez-vous cette ravissante Haïtienne qui a l'air de s'ennuyer (allez au paragraphe 54)? À moins que vous ne préfériez retourner au paragraphe précédent...

- 4 9 -

À peine avez-vous parcouru une cinquantaine de pieds que des policiers vous arrêtent. Vous les regardez en souriant et leur demandez ce qui motive ainsi leur intervention à la fois rapide et menaçante. Ils vous répondent que, bien que nous soyons en été, rien ne justifie que vous vous promeniez entièrement nu dans la rue. Les suivrez-vous au poste de police comme ils vous le demandent (allez au paragraphe 18), ou vous sauverez-vous en coupant au plus court par le côté jardin (allez au paragraphe 32)? À moins que vous ne préfériez retourner au paragraphe précédent...

- 5 0 -

Alors que vous commandez une Mort subite avec un grand verre préréfrigéré, quatre jeunes louves vous font miroiter des scènes directement tirées de *Deep Throat*. Vous resserrez le nœud de votre cravate de la main droite et lancez votre sourire à toute épreuve. Aborderez-vous l'attrayante brune (allez au paragraphe 30), la délicate noire (allez au paragraphe 44), la tétonnière blonde (allez au paragraphe 2) ou l'extravagante rousse (allez au paragraphe 36)? À moins que vous ne préfériez retourner au paragraphe précédent...

- 5 1 -

Dans ce cas, ce n'est qu'une question de garde. Il vous décroche la mâchoire d'un solide uppercut de la droite avant de vous défenestrer. Allez au paragraphe 34. À moins que vous ne préfériez retourner au paragraphe précédent...

- 5 2 -

Vous vous serrez fort l'un contre l'autre et vous vous donnez des petits becs sur le nez et dans le cou. Le clair de lune est romantique et réveille en vous un retour aux sources et un besoin de faire la paix avec la nature. Attirerez-vous votre compagne dans le petit parc pour lui proposer un lit de gazon (allez au paragraphe 20), ou patienterez-vous encore douze coins de rues pour retrouver votre appartement (allez au paragraphe 47)? La troisième solution, qui pique votre curiosité, serait d'accepter son invitation car, vous confie-t-elle, c'est chez elle qu'elle se sent le plus à l'aise dévêtue (allez au paragraphe 39). À moins que vous ne préfériez retourner au paragraphe précédent...

- 5 3 -

Vous courez et arrivez sous l'arbre avant que la pluie ne se change en grêlons. Alors que vous reprenez votre souffle, vous avez la drôle de sensation de ne pas être seul sous ce vieux pommier ancestral. Vous apercevez, sans l'ombre d'un doute (à la vue de ses vêtements caricaturaux), une prostituée faisant une pipe à un client qui semble prendre grand plaisir à être ainsi vu sans culotte. Vous vous dites «IIé merde!», et vous vous dirigez vers un autre abri de fortune. Alors que vous abordez le trottoir du côté opposé, vous entendez un grand «sclaaaapooowww!!!» Vous vous retournez d'un mouvement gracieux et athlétique et voyez le vieux pommier ravagé par le feu.

Or, aucune trace du baroque couple, si ce n'est un mince serpent de fumée où vous croyez discerner le chiffre soixante-neuf. «Non, vous dites-vous, ce n'est pas possible...» De trois choses l'une: ou vous vous signez en murmurant «Merci mon Dieu» et poursuivez votre chemin plus fort que jamais (allez au paragraphe 27), ou vous appelez les pompiers avant de quitter les lieux (allez au paragraphe 31), ou, enfin, vous esquissez le sourire de celui qui doute et vous continuez votre chemin comme si de rien n'était (allez au paragraphe 13). À moins que vous ne préfériez retourner au paragraphe précédent...

- 5 4 -

La jolie Haïtienne vous regarde avec compassion. Alors que vous vous demandez les raisons de cette hautaine attitude («Serait-elle titulaire d'un doctorat en sémiologie acoustique ou pratiquerait-elle quelques rites vaudous qui la protégeraient contre toute tentative de colonisation?»), vous recevez une gifle en pleine figure. Vous vous sentez très indisposé car une soixantaine de paires d'yeux vous regardent ironiquement. À demi étourdi, vous serrez les poings et regardez l'homme qui vous a frappé: gorille de race blanche, intelligence inférieure mais le handicap est compensé par une stature de six pieds six pouces et deux cent trente livres. Vous tentez de détendre l'atmosphère en lui demandant s'il peut dire, sans rougir, «acide désoxyribonucléique», mais peine perdue, il vous gifle de nouveau. Votre soirée s'achève lorsque trois chirurgiens terminent le cent deuxième point de suture... Impasse. Reprenez au paragraphe précédent...

- 5 5 -

Dans ce cas, ce n'est qu'une question de garde. Il vous écrase le nez d'un solide direct du gauche avant de vous défenestrer. Allez au paragraphe 34. À moins que vous ne préfériez retourner au paragraphe précédent...

- 5 6 -

Vous êtes nu. Il faut vous habiller. La vue de votre garde-robe vous laisse perplexe. Mais comment allez-vous donc vous habiller ce soir? Vous allez dans votre boudoir et sortez de la bibliothèque *Les Mouvements de mode expliqués aux parents* par Hector Obalk, Alain Soral et Alexandre Pasche. Vous tombez sur «La Panoplie du Punk». Mettrez-vous alors vos vieux jeans délavés et troués aux genoux et votre t-shirt portant l'inscription: «Crachons-nous dessus»? «Oui, vous dites-vous, un air de poubelle m'ira à merveille ce soir.»

Vous courez à la salle de bains et vous vous scalpez la moitié du crâne, vous vous entrez trois épingles à couche (une n° 2. 3/4, une n° 3 et une n° 3. 1/2) dans le lobe de l'oreille et vous partez chasser la punkette libérée qui «est très jeune, environ seize ans... plutôt petite et un peu boulotte...» (si ce scénario vous inspire, allez au paragraphe 9). Ou innoverez-vous en inversant les rôles et en vous habillant en femme? Ainsi fringué, vous espérez donner une leçon d'humilité aux Don Juan d'occasion qui signalent trop clairement leurs intentions sexuelles alors que vous, comme le soulignent les auteurs des *Mouvements de mode...*, «vous savez que la dérision est d'autant plus fine qu'elle n'est pas révélée». (Allez au paragraphe 38.) Vous pouvez choisir, enfin, le look BCBG, petit-veston-cravate-jean-(non-troué)-et-espadrilles-à-la-Robert-Redford. Cet accoutrement-de-professeur-de-campus-universitaire-américain-estival réussit assez bien en général et, de toute façon, vous ne voulez pas être tiré à quatre épingles pour vous retrouver à deux. (Allez au paragraphe 26.) À moins que vous ne préfériez retourner au paragraphe précédent...

- 5 7 -

Pas de chance! Tous les taxis sont occupés à s'engueuler entre eux pour la priorité d'un éventuel client. Irez-vous prendre un café et une salade au saumon dans un restaurant à proximité en attendant que les chauffeurs en viennent à un consensus (allez au paragraphe 16), ou accepterez-vous de vous faire conduire par votre compagne dans sa Porsche «rouge à lèvres» vers son loft bleu marine (allez au paragraphe 39)? À moins que vous ne préfériez retourner au paragraphe précédent...

- 5 8 -

Vous mouillez vos souliers dans de grandes flaques d'eau et pensez aux cent cinquante-sept dollars qu'ils vous ont coûté. Ridicule, vous vous frappez le front de la paume de la main sans vous préoccuper de la Chrysler qui arrive en trombe. Elle vous heurte. Vous demeurez entièrement conscient, mais plus aucun membre de votre corps ne vous obéit et aucun mot ne sort de votre bouche.

Les occupants de la voiture sortent et vous voient ainsi paralysé. Ils lèvent en chœur leur grosse bière à votre santé, et prennent la poudre d'escampette. Pas de chance, les policiers ne retrouveront jamais les fuyards et la voiture ne sera d'aucune utilité puisqu'elle avait été volée. Vous finissez le reste de votre muette vie couché paralysé sur un lit d'hôpital, nuitamment visité par le vieux pédéraste qui occupe votre double chambre... Impasse. Reprenez au paragraphe précédent...

- 5 9 -

Mauvais choix. Un des nombreux fanatiques anticommunistes est passé dans votre rue. Fidèle à ses engagements, il a piégé tous les véhicules qui n'avaient pas une consonance nord-américaine. Il va de soi que votre Lada n'a pas échappé à sa diabolique machination. En mettant la clé de contact, votre voiture explose et vous disparaissez en mille morceaux. Dire que vous vouliez vous éclater!... Impasse. Reprenez au paragraphe précédent...

- 6 0 -

Elle vous aime déjà. Vous le savez. Elle le sait. Nous le savons... Trois choix s'imposent alors. Vous la prenez par le bras et vous partez sans perdre une minute (allez au paragraphe 4). Un air connu entre par vos oreilles et caresse votre système nerveux: c'est *Let's dance* de David Bowie. Vous demandez à mademoiselle jolis yeux de patienter trois minutes et bondissez avec la cohue sur la piste de danse (allez au paragraphe 17). Vous surprenant vous-même, vous lui dites: «Merci pour la répétition!» et attrapez au vol une actrice que vous mouriez de rencontrer, sans compter qu'elle est seule et qu'elle vous fait de l'œil (allez au paragraphe 28). À moins que vous ne préfériez retourner au paragraphe précédent...

Un certain dimanche d'automne
Récit

Il se disait, le gros bonhomme, qu'il n'avait plus rien à voir avec personne. Il avait dû glisser à un moment donné, tout à l'heure ou bien autrefois déjà; il ne s'en était pas rendu compte. Maintenant il voyait les choses passer à côté de lui, les affiches, la guérite du chef de station, de plus en plus vite. Ça lui échappait. Il voyait passer les gens assis, et puis les noms: Strasbourg-Saint-Denis, Barbès-Rochechouart. Après Clignancourt, il savait qu'il n'y aurait plus d'autre nom. Juste un trou noir qui peut-être n'en finirait plus.

Pascal Lainé, *La Dentellière*

Premier cycle

Dimanche soir, il pleut encore. L'automne sans doute. Elle regarde par la fenêtre entrouverte on ne sait quoi. Peut-être les gouttes d'eau frapper régulièrement le pavé. Pourtant, il fait trop noir pour apercevoir les automobiles stationnées dans la rue ou même les maisons d'en face. Alors, si elle ne peut rien voir de tout cela, c'est qu'elle se concentre.

Elle doit penser à demain et à toutes ces choses qui font sa vie et, surtout, à Michel qui vient de la quitter. Et comment peut-il en être autrement!

La brise légère, un peu fraîche, s'infiltre par rafales dans la pièce et fait virevolter ses cheveux. Elle relève la tête et laisse le vent caresser son visage. Pouvoir disparaître, ne fusse que quelques instants, et se reposer de la vie. Pascale regarde le livre ouvert entre ses coudes battre des pages. Elle contracte la mâchoire, serre les dents et appuie ses poings sur ses joues gonflées. Le livre continue de se feuilleter, d'un côté puis de l'autre, et ça recommence. Brusquement elle frappe avec son front le livre. Boum! que ça fait, mais c'est sans douleur. Elle étend les bras et agrippe le rebord de la table.

Déjà, elle sait au fond d'elle-même que les dés sont jetés, leur course arrêtée. Une sorte d'intuition propre à la circonstance. Elle se dit qu'elle n'y peut rien, que c'est peut-être une délivrance, après tout. Elle laissera aller les choses comme elles iront.

Avec la pluie, l'air s'est rafraîchi. Pascale regarde par la fenêtre on ne sait toujours pas quoi. Quelle importance! Elle prend machinalement le livre, déplie et presse les pages froissées, retrouve l'endroit où elle avait cessé la lecture mais n'arrive plus à se concentrer et le texte défile sans laisser de souvenir. Elle insère un signet, le referme et, de sa main gauche, l'agite comme un éventail. Geste inutile puisqu'il ne produit aucune fraîcheur. Un peu nerveuse, Pascale.

Bien sûr, elle pourrait se lever, aller sur l'étroit balcon aux rampes incertaines, s'allonger dans le hamac (lot lointain d'un séjour en Amérique du Sud) et essayer de se détendre. Elle pourrait aussi mettre un pantalon ou une jupe, un chandail, des souliers, s'habiller quoi, et sortir d'un seul coup, sans réfléchir; héler un taxi, se faire conduire à un bar (un dimanche soir, il y aurait peu de monde) sans écouter le chauffeur qui lui parlerait pendant le trajet des brusques changements de température des dernières semaines et, enfin, entrer dans l'endroit (où tout compte fait, pour un dimanche, il y aurait plus de monde que prévu) et boire plusieurs bières pour s'enivrer. Bref, elle pourrait faire autre chose que de ne rien faire, mais non, elle continue à s'imaginer les gouttes d'eau fouetter le pavé.

PASCALE SE RÉPÉTA QUE TOUT AVAIT ÉTÉ DÉCIDÉ DEPUIS LONGTEMPS, MIEUX, DEPUIS TOUJOURS. CELA LA RÉCONFORTA. ELLE LAISSA GLISSER LE LIVRE DE SA MAIN. IL REBONDIT SUR LE COIN DE LA TABLE ET ÉCHOUA SUR LE CARRELAGE. LE SIGNET ÉTAIT RESTÉ EN PLACE; TOUJOURS ÇA DE PRIS. ELLE LE RAMASSERA TOUT À L'HEURE.

Pour l'instant, elle fait tourner l'alliance autour de son doigt et revoit l'étiquette qui y était attachée:

24k, assortie de trois diamants,
certifiés Birk's.

Plus moyen de l'enlever, plus le courage, même plus la force. Aucun désir, sinon celui d'être immobile. Mais elle le sait bien, Pascale, qu'elle devra faire quelque chose de sa vie. Et elle n'est pas seule dans cette aventure (ce drame), elle doit tout reconsidérer en tenant compte de Tanya.

La petite dort paisiblement dans sa chambre d'enfant décorée de poupées (des grandes et des petites) qui parlent, qui chantent, qui répètent ce qu'on leur dit ou qui marchent; des livres qui, lorsqu'on les ouvre, dévoilent des châteaux qui se déplient; des dessins de ses personnages préférés aux murs; un tourne-disque Mickey Mouse.

Pascale regarde maintenant, certaine que tout est bien en place, la petite qui dort. Elle sera venue dans la chambre sans bruit, aura ouvert la porte avec précaution. Ne pas l'éveiller. Pour Michel, elle ne lui dira pas tout de suite. Tanya est trop jeune pour comprendre que son père les a laissées. Sa mère inventera donc une histoire, un voyage, un très très long voyage. Ce sera mieux ainsi.

La table de lecture est une ancienne table à dessin que Pascale traîne avec elle depuis les études collégiales. Une table que personne n'utilisait pour lire puisque ni elle ni Michel n'avaient lu aucun livre depuis des siècles. Sauf aujourd'hui. Mais Pascale avait tout de même disposé une pile de magazines (pour faire bien) sur ladite table placée face à la fenêtre entrouverte qui laisse s'infiltrer une brise légère par rafales.

Elle est de nouveau assise à la table, Pascale, et ses cheveux roux volent au gré de la brise. On dirait que rien ne s'est passé ou, encore, que tout tend à revenir à son point de départ. Mais ce n'est pas vrai, c'est une illusion puisque tout est déjà amorcé.

Elle se penche, reprend le livre sur le plancher. Quoi d'autre à faire que de poursuivre la lecture pour le finir au plus vite.

* * *

Pascale a une histoire longue de choses ordinaires comme toutes les histoires une fois qu'on en a lu beaucoup. Je dis cela comme elle me l'a dit. Elle est née sur au moins un kilomètre de long puisque sa mère a accouché dans l'ambulance, entre un hôpital de Québec et la maison de campagne. Tout s'est bien déroulé. Le docteur – il l'a examinée en trombe – a dit qu'il n'y avait eu aucune difficulté parce que l'enfant voulait vivre. Le commentaire plut à tout le monde: aux parents, aux infirmières, aux ambulanciers et probablement au docteur lui-même. C'était opportun et rassurant. Bien entendu, les parents retinrent l'anecdote et la racontèrent par la suite à qui voulait l'entendre. Coup sur coup, les gens approuvaient ce désir de vivre. Sauf l'intéressée qui ne se souvenait pas d'avoir voulu une telle chose. Elle vivait, c'était tout et c'était assez.

Puis, il y avait les souvenirs éclair: ses parents qui partirent travailler trois ans comme attachés canadiens à Mexico. C'est là-bas que Stéphanie, la sœur de Pascale, vint au monde, dans un hôpital cette fois. Trois ans, et il ne restait plus de la maison toute blanche entourée de jardins et d'arbres qu'une vague impression d'immensité. Une maison luxueuse. Un coin de sa mémoire, pourtant, conservait la présence persistante de l'intense chaleur. Une adolescence à

Québec durant la semaine pour ses études dans les écoles privées, et les week-ends à la maison de campagne, près des berges du fleuve Saint-Laurent. Le collège, époque où nous nous sommes connus lors d'un voyage à New York. Brèves amours. Nous nous laissâmes peu de temps après et je la perdis de vue pendant quelques années pour la rencontrer, de nouveau, à Montréal.

Nous avions alors parlé de tout, sauf de nous-mêmes. Elle me remit son numéro de téléphone, je lui glissai le mien, mais nous ne nous sommes jamais rappelés par la suite. C'est le hasard, plutôt, qui guidait nos rencontres, environ tous les six mois.

Pascale était très différente de Stéphanie bien qu'à leur physique on puisse deviner qu'elles étaient de souche commune (leur chevelure rousse, par exemple). Deux ans les séparaient. L'une était extravertie, l'autre intérieure. Stéphanie étudiait le violoncelle et ne se faisait jamais prier pour nous jouer ses nouveaux airs; Pascale, elle, lisait des romans à la journée longue, se remplissait d'histoires impossibles et attendait. Mais rien n'arrivait jamais et, de toute façon, c'est plutôt rare que quelqu'un ou que quelque chose arrive dans une chambre à coucher sans que nous en soyons l'instigateur.

Elle se mit donc à sortir de sa chambre, de la maison de ses parents, à s'éloigner du quartier et à fréquenter les cafés, les bars et les cinémas. Elle rencontra des gens et eut une place dans leurs regards, dans leurs conversations, dans leurs carnets d'adresses et, parfois, dans leurs lits.

Des jours, des semaines, des mois, une année passèrent. Un après-midi brumeux, alors qu'elle lisait à la maison de campagne, elle eut envie de dessiner. Elle prit un crayon et fit des esquisses de tout ce qui lui tombait sous les yeux. Les croquis étaient bons. À la prochaine session au collège, elle s'inscrirait en arts plastiques.

* * *

Il les avait laissées. Aucune dispute n'avait eu lieu. Assise sur le canapé, elle attend et se demande si c'est ça la vie! Des arrivées et des départs! Alors, c'est qu'il n'y a vraiment rien de neuf sous l'horizon des maisons d'en face qu'elle ne peut pas distinguer par-delà sa fenêtre. Ce départ, elle l'a accepté le plus simplement du monde: avec souffrance. Les yeux rouges et les mains inutiles et les nuages s'accumulent et le tonnerre annonce la pluie. C'est qu'il pleuvra sous peu...

Pascale caresse machinalement Septembre, la chatte noire à la tache blanche sous le cou. Le téléphone est débranché, il fait bon dans le salon silencieux.

Pas grand-chose à en dire du salon, ni de l'ensemble. Ordinaire, un appartement qu'ils avaient choisi. Combien de pièces déjà? Six, sept si l'on compte la chambre double pour deux pièces. Maintenant, Pascale trouve que c'est trop grand. Mais elle le sait bien que le nombre de pièces n'a rien à voir avec son embarras, parce que le vide, c'est en elle qu'il est en ce moment.

Dong! La vieille pendule sonne une heure. Dehors, des enfants plongent dans les tas de feuilles et les tas de feuilles se défont et les feuilles s'éparpillent partout sur le gazon du parc. Le gardien regarde les enfants, amusé. Il ne se préoccupe pas du travail qu'il aura à refaire. Pascale! Envie de les rejoindre et de rire avec eux?

Elle y allait souvent, Pascale, dans le parc, avant. Elle s'assoyait sur un banc public et ne pensait à rien, ou à plein de choses, ça dépendait des fois. Elle regardait les gens du dimanche se promener, les enfants de tous les jours jouer dans le carré de sable et applaudissait lorsqu'un chien beagle s'engageait dans la glissoire et atterrissait le museau le premier dans le sable. Tanya riait avec les autres enfants et Pascale riait à observer Tanya rire avec les autres enfants. C'est dans ces moments-là qu'elle essayait de se souvenir de sa jeunesse sans y parvenir. Et Tanya se balançait à vive allure sur une licorne posée sur un énorme ressort. Et

Pascale rêvassait. Et le maître du chien faisait glisser son chien de nouveau dans la glissoire.

Pascale se dit qu'il est l'heure de nourrir la petite. Michel l'aimait bien, Tanya. Mais cela n'a rien à voir. Il les quittait sans pour autant les laisser. Non, ce n'est pas cela qu'il avait voulu dire. C'est lui qui était en cause. Pas elles. Surtout pas elles. Elles ne devaient pas le penser. Jamais.

Pascale s'est approchée de la table de lecture et regarde, sur la pile de magazines, une photographie d'elle et de lui prise lors d'un voyage à Québec. Ils avaient loué une chambre et le matelas était inconfortable et ils avaient fait l'amour toute la nuit. Dans cette chambre d'hôtel de troisième ordre, ils s'étaient aimés comme des fous. Et ils avaient l'air heureux ensemble avec toutes leurs dents qui souriaient à l'objectif du 35 millimètres. Que restait-il de ce passé, de ces instants précieux? Rien! Rien qu'un cliché en noir et blanc, format standard. Tiens! c'est vrai, Michel n'avait pas de barbe à l'époque.

C'est là, après avoir pris la photographie, qu'elle lui avait dit pour l'enfant. Lui, il l'avait serrée fort dans ses bras. Un enfant! Pascale… Michel qui ne reviendra pas, c'est certain. Pourtant, ça changerait toute l'histoire, ça la rendrait ridicule et inepte. Ça en ferait une histoire insignifiante. Et ça serait mieux ainsi pour tout le monde: Pascale, Tanya, Michel et moi. Mais non, il est trop tard, il n'est pas revenu; tout s'est déjà déroulé. Le destin, comme on dit dans certaines pièces de théâtre, a suivi son cours implacable.

Elle ne sait pas s'il se rappelle leur promesse qui disait, comme dans une chanson des années soixante-dix, «qu'ils s'aimeraient jusqu'à toujours». Dans la chanson, le gars et la fille avaient écrit leur amour avec une bombe de peinture sur un immense rocher pour que personne ne puisse l'effacer. Eh bien, des hommes sont venus avec des bulldozers et ont dynamité les rochers pour construire une autoroute. Il n'y a plus grand-chose qui dure de nos jours et on continue à prendre tout au sérieux.

Pascale va dans la cuisine et prépare à manger pour elle et Tanya. Elle apprête des sandwiches avec des viandes froides, ajoute dans la salade des rondelles de tomate, du fromage, des olives et des morceaux de saumon. Elle verse du lait dans deux verres. Septembre vient se frôler contre ses jambes. Elle aura flairé l'odeur du poisson. Faudra lui donner quelque chose à elle aussi.

Dehors, il commence à pleuvoir. Elle avance sur le balcon et regarde les enfants du parc courir dans toutes les directions pour s'abriter contre la pluie. Seul, le gardien reste sur place. Il a dû être surpris: il est sans réaction. Se demande-t-il s'il doit refaire les tas de feuilles que la pluie aura rendues plus malléables? Non! Il s'en va, tenant son râteau sur l'épaule, d'un pas incertain.

Tanya s'approche de sa mère. Elle est encore tout endormie, et mignonne dans son corps d'enfant enveloppé d'un peignoir vieux de quelques années. Elle remarque qu'il pleut, dit que c'est beau les arbres mouillés par l'eau. Elle voudrait aller jouer avec la pluie. Pascale la prend dans ses bras et lui montre la collation. La petite, aidée par sa mère, monte sur le banc et s'attable au comptoir. Pascale demeure debout, appuyée sur un coude.

La fille et la mère se regardent manger. Elles parlent avec leurs yeux et en disent long avec leurs mimiques des lèvres, des joues qui se gonflent et se creusent, des sourcils qui montent et font des rides au front, des narines qui s'arrondissent. Tanya montre à Pascale sa moustache de lait et court s'observer dans une glace. Elle revient en exagérant les mouvements de ses bras, force sa voix comme celle d'un monsieur et fait la cour à sa mère. Pascale se laisse séduire et fait la révérence: «Monsieur, lui dit-elle, voici ma main, pour le reste, il faudra attendre le mariage.» Tanya frappe fort dans ses mains et rit à en perdre le souffle.

Après avoir mangé, Tanya ira sur le balcon et allongera ses bras sous la pluie. Pascale déposera les assiettes dans l'évier et murmurera, pour elle seule: «Que deviendrons-nous?»

Le savait-elle, à cet instant précis?

* * *

Y avait-il quelque chose à comprendre? Elle referme le livre. Dehors, il commence à faire noir. Elle se dit qu'elle devra allumer la lampe. Plus tard, il faut croire, car pour l'instant, elle se lève et va s'allonger sur le vieux canapé qui a l'air neuf avec sa housse de coton noir.

Elle remonte jusqu'aux cuisses son kimono fleuri. La chaleur pèse sur le corps mais la chair s'ennuie des caresses qui l'enflammaient. Pascale regarde au plafond et voit en souvenir leurs corps, à elle et à Michel, se cabrer, exalter. Ces corps qui fondaient. Oublier. Penser à autre chose. Où sont les enfants du parc maintenant? Et Michel, lui, où peut-il être parti?

Le roman qu'elle lira toute la soirée, qu'elle avait acheté cet après-midi, ce roman commençait par: «Il était sur le canapé.» Pascale est assise sur le canapé, seule. Dans le livre, ils étaient deux. Ils ne parlaient pas beaucoup. C'était plutôt la fille qui pensait à eux, surtout pour elle car lui la quittait. Comme les situations peuvent se répéter. Comme elles peuvent être différentes, aussi. Il n'y a aucune règle. Se faire à la vie? Et si elle était fatiguée, Pascale, de se faire à la vie? Si elle décidait de la faire à elle, la vie? Ou de faire autrement?

Elle n'a plus envie de le lire, ce livre, car elle a la forte impression de se lire. Mais plus tard, elle y reviendra. C'est inévitable. En attendant, elle médite sur le plafond craquelé par le temps.

Elle allonge le bras, insère ses doigts dans l'anse et porte à ses lèvres la tasse sur laquelle est inscrit en lettres vertes:

Prenez le temps de vivre!

La tasse aussi est légèrement craquelée. Elle la dépose à ses pieds. Qu'est-ce que ça veut dire: «Prenez le temps de vivre!»? Qu'est-ce que le temps vient faire ici? Pourquoi pas, tout simplement: «Prenez la vie!» ou «Vivez!»?

Ses deux jambes sont bien là, elle les sent. Elle ne sait plus quoi en faire. Les conserver pour marcher. Mais elle aurait aimé qu'il soit près d'elle pour les toucher et les caresser. Elle retire les mains du haut de ses cuisses et les monte à ses cheveux qu'elle repousse vivement vers l'arrière.

Le plancher est blanc, comme les murs et les plafonds. Il est aussi luisant. C'est la lumière du balcon du voisin qui s'y reflète. Le salon est dépouillé, comme elle l'avait demandé à Michel: il y a le canapé, la table de travail, le téléphone débranché sur le bottin, la radio, et Pascale sur le canapé. C'est comme ça.

Elle se lève et dépose le roman sur la table, près de la fenêtre. Il fait encore plus noir. Dehors, le ciel s'est couvert. Elle suit le long corridor jusqu'à la porte. Elle n'aurait qu'à l'ouvrir pour sortir. Elle pourrait s'habiller, prendre un parapluie, de l'argent, mais la suite, elle ne la connaît pas. Alors, elle se contente de vérifier le verrou: un solide coup de pied dans la porte et il cède. Inutile le verrou, comme la tristesse; mais contre cette dernière, on ne peut rien. Elle s'impose, pour ainsi dire.

Le temps couvre tous les maux de ses ailes, disent les psychologues. Il s'agit d'attendre et d'être patient. Alors, pour la tasse à café, ce qu'il fallait dire, était: «Prenez le temps d'oublier, et ça se passera.» Elle est retournée près du canapé, la tasse à la main. Elle s'assoit dans un coin, repliée. L'air de boîte à musique qu'elle entend ne provient pas de la radio: c'est de l'imagination pure. C'est un peu de la folie, aussi, si jamais ce sont deux choses différentes. Heureusement, la mélodie est douce, elle calme.

Nous sommes dans la salle de travail qui, comme la table de travail, n'a jamais servi à travailler quoi que ce soit. Comme le salon et toutes les pièces, sauf la chambre de Tanya, c'est un endroit presque vide. Il y a la bibliothèque recouverte d'un grand drap rouge vin, un fauteuil style Louis quelconque autour duquel Pascale marche, un plancher de bois franc, et c'est tout.

Décidément, elle devra cesser d'aller et venir, et agir. Mais avant, il faut le terminer, ce livre.

Elle regagne le salon et s'assoit à la table. Elle allume la lampe.

* * *

C'était il y a quelques années. Pascale avait pris le train pour Toronto. Rien de ce qui nous regarde ici n'existait encore à l'époque. C'est aussi là que notre histoire prend forme: avec ce voyage (ou par lui, si l'on préfère).

Un avant-midi, Stéphanie téléphona à Pascale pour l'inviter à un concert. Elle s'excusa de l'avertir, comme ça, à la dernière minute, mais elle remplaçait au pied levé le contrebassiste (il s'était cassé un bras en essayant de sauter de l'autre côté d'une flaque d'eau et il avait glissé sur une fine couche de sable et plouf! dans l'eau, et crac! sur le bras, et la douleur, et à l'hôpital, et alouette!…) Une telle occasion ne se refusait pas. «Les dieux avaient dû s'en mêler», ricana Stéphanie.

LE SAC DE VOYAGE BOUCLÉ EN VITESSE, UN MOT À LA VOISINE POUR QU'ELLE ARROSE LES PLANTES, APPEL D'UNE VOITURE TAXI, ARRIVÉE À LA GARE ET ACHAT DU BILLET DE PREMIÈRE CLASSE (ON ÉVITE LES FILES D'ATTENTE, ET CES VOITURES ONT L'AVANTAGE D'ÊTRE PLUS SILENCIEUSEMENT FRÉQUENTÉES).

LE TRAIN PREND DE LA VITESSE, CLICQUECLAC, CLICQUECLAC, BRUIT QUI SERA COUVERT PAR LES ÉCOUTEURS DU WALKMAN QU'ELLE FIXE SUR SES OREILLES: *EGMOND OUVERTURE* DE BEETHOVEN. ELLE PENSE QU'ELLE A OUBLIÉ DE DEMANDER À SA SŒUR LE PROGRAMME DE LA SOIRÉE. TANT PIS, CE SERA UNE SURPRISE.

Montréal s'éloigne par les fenêtres. Dommage qu'il ne fasse pas noir, c'est si beau de voir les lumières des gratte-ciel sculpter la nuit. Lors d'un autre voyage, peut-être. Il y a plusieurs sièges de libres, peu de passagers.

Le serveur la surprend dans sa rêverie. Il la regarde, indifférent dans sa veste blanche de travail. Sait-il déjà que Michel viendra s'asseoir à côté d'elle? Qu'elle acceptera les avances de son sourire? Qu'ils se parleront comme s'ils se connaissaient depuis des années? Le serveur sait-il tout cela? Pascale soulève ses écouteurs, commande une Lowenbraü et revient à la dernière partie du *Deuxième concerto pour piano*.

Michel l'avait déjà remarquée au comptoir des billets. Il s'était assis derrière elle. À plusieurs reprises, il avait surpris son reflet dans la fenêtre.

Pascale venait d'allumer une cigarette. Comme d'habitude, elle ne regardait rien de précis, surtout pas les autres voyageurs. Elle n'écoutait pas la conversation animée des deux hommes, sur les sièges devant elle, qui parlaient travail. Pas plus n'avait-elle remarqué l'arrivée de cette grande brune qui riait à gorge déployée avec deux touristes français.

Cela s'était passé très vite, dira-t-elle plus tard. Il était venu s'asseoir sur le siège libre à côté d'elle et n'avait rien dit. Pascale avait pris quelques minutes pour se rendre compte de sa présence. À un moment, leurs regards se sont croisés. Ses lèvres remuèrent; elle retira ses écouteurs. Quelques mots échangés et, pour ce qui est des détails, il suffit de les imaginer. Nous dirons que Michel avait parlé beaucoup, elle peu. Elle l'écoutait. Montréal était déjà loin. Elle avait oublié où elle était, le train n'existait plus; il n'y avait que cet inconnu.

J'ai souvent pris le train du corridor Montréal/Toronto. J'ai refait le trajet dernièrement. Je me suis acheté un billet de première, je me suis assis sur un siège, au milieu de la voiture, et j'ai essayé d'imaginer Pascale, de l'autre côté, avec son walkman, Pascale dans son rêve. Peine perdue, rien ne s'est produit. J'ai alors sorti le livre, celui qu'elle a lu dans mon histoire (seul objet que je conserve de son passé), et je l'ai lu. En terminant la dernière page, le train arrivait à Toronto. Je suis allé chez une copine pour repartir très tôt le lendemain matin. Je n'avais plus le cœur.

Lors du retour, une femme, trente ans peut-être, est venue s'asseoir près de moi. Je crois qu'elle me disait qu'elle allait se reposer à Montréal, qu'elle n'en pouvait plus d'endurer sa famille. J'ai fermé les yeux et j'ai fait semblant de dormir.

* * *

On l'aura accompagnée jusqu'au poste. Les deux agents (un homme et une femme: c'est le règlement) la laisseront à la réception où une autre agente la prendra en charge. Elle inscrira les notes d'identification sur les formulaires. Les questions comme les réponses seront brèves et surtout techniques.

Beaucoup de gens défileront autour du comptoir et dans le corridor.

La femme lui demandera d'aller dans la salle attenante au comptoir et d'attendre. Ce qu'elle fera, suivie au pas par les deux agents prestement revenus. Ils seront plusieurs, dans cet endroit contigu et malpropre, à se regarder, à se dévisager ou à baisser les yeux. Dans le haut-parleur, près de la porte, une voix nasillarde nommera un nom et un numéro de bureau. Un homme se lèvera alors et d'autres policiers l'accompagneront. La salle, Pascale en souffrira, sera mal aérée.

Ce sera son tour, enfin. Elle suivra les agents, longera plusieurs corridors, dépassera plusieurs portes, la plupart fermées. Ils s'arrêteront en face de l'ascenseur et l'un des agents appuiera sur le bouton pour appeler la cage. Ils sortiront au troisième étage, suivront encore des corridors pour s'arrêter devant un bureau. Sans frapper, ils entreront et l'un des agents remettra à la secrétaire le dossier concernant la jeune femme. Les agents iront attendre derrière la porte.

La secrétaire invitera Pascale à passer dans l'autre bureau, par la porte intérieure, et lui désignera, gentiment, un fauteuil. Elle déposera le dossier près d'un ordinateur et dactylographiera les informations. Puis elle empoignera le récepteur du téléphone, composera un numéro interne et demandera l'inspecteur Ricardou. Elle regardera Pascale.

Pascale qui portera la cigarette à ses lèvres et rejettera lentement la fumée bleuâtre. Plusieurs minutes s'écouleront. Elle écrasera, avec soin, sa cigarette dans le cendrier déjà plein de mégots, ressortira le paquet de la poche de sa veste, l'ouvrira, hésitera, puis le refermera.

La pièce sera sombre, rectangulaire. Deux bureaux, celui de la secrétaire, avec dessus l'ordinateur dont la lueur verte de l'écran cathodique illuminera une partie du mur, et celui de l'inspecteur, plus massif, encombré de plusieurs dossiers semblables à celui de Pascale, et d'un gros cendrier en imitation de marbre, à moins que c'en soit véritablement. Pascale aura fait pivoter son fauteuil en direction de la fenêtre toute proche et, à travers les stores verticaux, distinguera les édifices de la ville.

La secrétaire complétera le dossier, ira le poser sur le bureau de son patron et offrira, incertaine, du café. Sans se retourner, Pascale acceptera, fixant l'horizon des lumières de la ville.

* * *

Deuxième cycle

Une demi-heure après le départ de Michel, et cette manière d'agir, j'en suis assuré, en vaut une autre, Pascale descendit inopinément les marches de l'escalier. Je veux dire qu'elle les descendit sans vraiment s'en occuper.

Il était à peu près deux heures de l'après-midi. Les rues étaient remplies de gens du dimanche, nonchalants. Pascale était partie avec l'idée d'acheter un livre et revint avec deux.

Sa robe blanche colle sur son corps et moule ses hanches. Le visage perlé de gouttelettes de sueur, Pascale marche d'un pas constant et choisit, arrivée à la rue Sherbrooke, de bifurquer par le parc Lafontaine. Elle s'arrête quelques instants, près du lac artificiel à la forme sinueuse, pour contempler les jeux d'ombre sur l'herbe, les arbres qui laissent entrevoir en arrière-plan les buildings et les reflets dans l'eau des quelques nuages blancs perdus dans le ciel bleu. Elle reprend sa marche et traverse le ponton.

Le libraire, probablement un étudiant si on en juge par son âge, revint avec le roman que Pascale lui avait demandé. Il le lui remit et attendit. Elle le compulsa mécaniquement à plusieurs reprises, remercia le jeune homme et s'enfonça entre les rayons, promenant son regard jusqu'à ce qu'un autre livre capte son attention. Elle s'en empara et se dirigea vers la caisse. Payait-elle comptant? Oui!

Elle retourna chez elle en taxi, gravit les marches de l'escalier deux par deux et sonna chez la voisine pour reprendre Tanya. La vieille dame aimait bien garder l'enfant. Où puisait-elle la force de rester ainsi seule? Des enfants, elle en avait bien eu, mais ils étaient tous partis. Elle en parlait à l'occasion, comme on parle de la pluie et du beau temps.

Pascale est assise sur le canapé, les deux livres dans les mains. Elle aura couché Tanya pour la sieste de l'après-midi.

ELLE REMARQUE QUE MICHEL A OUBLIÉ SA MONTRE SUR LE BRAS DU CANAPÉ.

ET LE SILENCE, GRADUELLEMENT, ENVAHIRA LES LIEUX. DES IMAGES DÉFILERONT DANS SA TÊTE: ELLE SE PROMÈNE AVEC LA PETITE DANS LE PARC. DES CHIENS COURENT DANS L'HERBE, JAPPANT POUR DES RIENS. LA MÈRE ET LA FILLE SE SONT ARRÊTÉES SUR LE PONTON, PASCALE TENANT TANYA DANS SES BRAS. ELLE LUI MONTRE UN CERF-VOLANT QUI MONTE ET DESCEND, INCERTAIN. LE VENT CESSE, LE CERF-VOLANT TOMBE ET SE BRISE DANS L'EAU. TANYA PLEURE.

PASCALE SE RÉVEILLE. ELLE VIENT DE RÊVER. COUCHÉE SUR LE CANAPÉ, ELLE PENSE QU'ELLE A DÛ S'ASSOUPIR ET ÉCHAPPER LA MONTRE QUI S'EST CASSÉE SUR LE PLANCHER. VOILÀ! ELLE NE FONC-TIONNE PLUS. LE TEMPS S'EST ARRÊTÉ À QUATRE HEURES TRENTE-TROIS DE L'APRÈS-MIDI, UN CERTAIN DIMANCHE D'AUTOMNE. PASCALE RIT, PUIS SE LÈVE ET VA PRÉPARER LE CAFÉ. EN PASSANT PRÈS DU COMPTOIR, ELLE SOULÈVE LE COUVERCLE DE LA CORBEILLE ET Y JETTE LA MONTRE.

TIENS, LE TÉLÉPHONE QUI SONNE. PASCALE NE RÉPOND PAS, CHOISIT AU CONTRAIRE DE LE DÉBRANCHER. COMME ÇA, ELLE AURA TOUTE SA SOLITUDE, PASCALE, POUR PENSER À CE QU'ELLE VA FAIRE. IL FAUDRA SE CONCENTRER, PENSER À BEAUCOUP DE CHOSES EN MÊME TEMPS. ELLE RETIRE UNE CIGARETTE DU PAQUET. DOIT-ELLE VRAIMENT PRENDRE UNE DÉCISION? LE LIVRE, ELLE ALLAIT L'OUBLIER. OUI! C'EST ÇA, IL FAUT QU'ELLE LE LISE.

CAFÉ À SES PIEDS, BIEN ASSISE SUR LE CANAPÉ (ELLE AURA PRIS UN BAIN, REVÊTU SON KIMONO), ELLE ENTAME LA PREMIÈRE PHRASE DU ROMAN: «IL ÉTAIT SUR LE CANAPÉ» ET PENSE, EN MÊME TEMPS, SANS AUCUN RAPPORT AVEC LE LIVRE, QUE LE TEMPS RESSEMBLE BEAUCOUP PLUS À UN MOTIF D'INQUIÉTUDE QU'À UNE SUCCESSION D'ÉVÉNE-MENTS.

* * *

Dehors, il ne pleut plus; le gardien du parc refait les tas de feuilles. Ses gestes sont lents, précis par habitude. On le dit gardien du parc avec raison: il est presque toujours là, été comme hiver.

Été feuilles papiers
Hiver neige forteresse
Autre univers, autre logique, autre bonheur…

Il habite la rue, n'est pas rétribué pour son travail et fait le plaisir des enfants sans que les lois du marché ou la psychiatrie ne puissent l'expliquer.

Autres valeurs…

Pascale le regarde râteler les feuilles. Elle a lu quelques pages de son roman ouvert entre ses coudes. Les références à la philosophie orientale sont explicites. Être passif. La passivité active:

Inside, the ki is working, moving, always attentive;
outside is calm:
this matches the laws of nature.

Penser la contradiction comme une complémentarité. Devenir la branche d'un chêne qui plie sous la neige et qui se redresse aussitôt. Une souplesse de l'esprit sous l'impassibilité du regard: au-delà des apparences se cache une force.

Septembre vient de sauter sur le rebord de la fenêtre et s'y couche, attentive à chaque mouvement des rideaux qui volent au vent.

Pascale la regarde comme on regarde un chat. Le soleil réapparaît, ce sont les dernières lueurs du jour. La peinture blanche du porche de la maison d'en face devient éclatante. Les contrastes s'accentuent entre les zones d'ombre et celles ensoleillées. Et les automobiles passent dans la rue et les conducteurs sont indifférents.

Le signet inséré, elle referme le livre et retourne à la cuisine se servir un autre café. Qu'est-ce qui l'avait séduite chez Michel? Son rire, bien sûr, mais plus encore, l'intonation de sa voix. Une façon de parler, facile, sans ambages, badine, accentuée par une voix quasi babillée. Une paresse naturelle à dire les mots comme ils viennent. Souvent, elle fermait les yeux et l'écoutait parler, sans plus. Juste pour le plaisir de laisser les sons parvenir à ses oreilles. Des mots à la suite les uns des autres, comme pour remplir désespérément le vide créé par le silence.

Elle est retournée à la table de lecture. Elle regarde la chatte couchée sur le rebord de la fenêtre battre de la queue. Jamais Septembre n'est allée à l'extérieur de l'appartement. Au début, quand elle était petite, Pascale refusait simplement de la laisser sortir, au cas où elle se perdrait puis, avec le temps, la chatte n'a plus voulu quitter l'intérieur. Elle a peur dès que s'ouvre la porte, court se cacher sous la baignoire ou derrière le poêle.

PASCALE RÉALISA QU'ILS SONT NOMBREUX CEUX QUI SE FERMENT AU MONDE. ELLE PENSA QU'ELLE AVAIT FAIT DE MÊME DEPUIS SA RENCONTRE AVEC MICHEL. ELLE AVAIT VÉCU REPLIÉE SUR SA PETITE FAMILLE, NE VOYANT PRESQUE PLUS PERSONNE, NE FAISANT PRESQUE PLUS RIEN. POURTANT, CE N'ÉTAIT PAS SI HORRIBLE QUE ÇA. À LA LONGUE, ON CONSTRUISAIT SON PROPRE UNIVERS, INDÉPENDANT DES AUTRES. COMME LE GARDIEN DU PARC, PROBABLEMENT.

Dans sa chambre, l'enfant pleure. Tanya a quatre ans. La mère ira la réconforter en collant sa joue contre le front de la petite. Elle lui fredonnera quelques airs connus et l'enfant se rendormira. Pascale sortira de la chambre silencieusement et reprendra la lecture, sa tasse de café à portée de la main.

* * *

Sept jours avant son départ, Michel avait noyé les chatons de Septembre. C'est Stéphanie qui avait offert la chatte à la naissance de Tanya. Pascale avait été immédiatement séduite. C'était une petite boule noire montée sur quatre pattes qui sautait sur tout ce qui bougeait, trébuchait à chaque enjambée ou restait accrochée à la poutre du balcon lorsqu'elle tentait d'y effiler ses griffes.

Les deux sœurs s'entendirent pour la nommer Septembre. C'était le mois courant et il y avait déjà un Vendredi. Anciennement le septième mois de l'année, septembre désigne maintenant le neuvième. Dans le dictionnaire, on définit sept par «six plus un». On retrouve aussi septain, septante, septembral, septembrisades, etc. N'est-il pas vrai qu'un chat a sept vies?

Une semaine exactement avant le départ de Michel, Pascale avait emmené Tanya au musée voir l'exposition d'un peintre célèbre. Tout l'après-midi, elles s'étaient promenées dans les salles, contemplant les toiles de l'artiste. «Les formes libres, les dimensions ne correspondant plus aux objets peints parfois burlesques, les coloris dégagés, tous ces indices laissent sentir une influence du surréalisme même si le peintre ne s'y était jamais inscrit de plain-pied.» Tanya avait beaucoup rigolé devant les grandes toiles. Le magnétophone qu'elles avaient loué insistait sur «l'irrationalité et la simplicité des formes où les enfants retrouvent leur façon d'appréhender le monde» (*sic*).

En revenant de l'exposition, Tanya fut la première à remarquer l'absence des chatons. Pascale les découvrit dans la poubelle, à l'intérieur d'un sac de plastique Glad. Michel ne s'était pas expliqué mais Pascale sut bien, elle, que quelque chose n'allait pas. Elle aurait dû prévoir, dirons-nous avec le recul, le départ de Michel. Surtout que c'était la première fois qu'il agissait ainsi. Aux portées précédentes, il avait toujours placé les chatons chez des amis ou des amis d'amis. Mais il lui était impossible, à Pascale, de deviner cela, qu'une noyade ait pu tant signifier. Impossible.

Aucune dispute n'avait eu lieu, on n'en parla plus. C'était fait. Tanya oublia avec le temps, Pascale se replia, stoïque. (L'insensibilité est une expression supérieure dans la mesure où elle guérit.)

* * *

Passer toute une soirée à écouter Bach. L'éclairage soigneusement tamisé. Se laisser bercer par les airs de violons. Seule avec son corps.

Une bonne histoire en vaut une autre, c'est ce qu'on dit et je suis d'accord. Pascale aurait pu ne pas exister et nous ne serions pas là à la suivre dans un dédale d'incertitudes, vous à la lire, moi à l'écrire. C'est comme César Franck: s'il avait eu plus de caractère, il ne se serait pas écoulé une quarantaine d'années avant qu'il épouse celle qui le prit en main et l'amena sur la sellette.

Non, Pascale a bien existé, et existe encore. Je suis allé la voir dernièrement mais elle a bien changé. Je ne suis même pas certain qu'elle m'ait reconnu.

La première fois que je l'ai vue, c'était dans une classe de dessin. Nos regards se sont croisés par-delà les chevalets et le modèle féminin. J'avais cessé de dessiner ou je faisais semblant, je ne me rappelle plus, et je la regardais, subjugué. Elle était très belle, Pascale, avec sa tignasse rousse, les doigts de la main gauche jouant avec les mèches rebelles.

Nous convînmes après le cours de nous rendre dans un petit bistrot pour boire une bière. C'est elle qui remplit nos silences de sa voix, cette voix que j'ai prêtée plus tôt à Michel, cette voix babillante que j'ai mal traduite faute de mots adéquats. N'empêche que pour une fois, je prenais plaisir à écouter quelqu'un alors que d'habitude…

Je demeurais dans le Vieux-Québec. La chambre était petite, juste de la place pour un lit et une commode. Tu avais apporté du vin. Trois ou quatre bouteilles. Nous nous racontions nos rêves respectifs, toi buvant, moi récitant, et nous changions de rôle. Et plus les voisins se plaignaient, plus nous haussions le ton.

* * *

Dans un café à Toronto, Pascale et Michel dînent ensemble. C'est un endroit très «in» sur Bloor Street. Ils sont sur la terrasse et parlent du cinéma allemand. Souvent, dans leur conversation, il y a de longues périodes silencieuses et ils entendent alors le chien de la table d'à côté haleter à cause de la chaleur. Des cris lointains et des rires d'enfants leur laissent supposer une école à proximité. Pascale hume son café et le décor urbain se colore comme dans certaines publicités. Elle rit de sa folie.

Il la laissa pour se rendre à son rendez-vous d'affaires où il devait proposer un nouveau plan d'aménagement pour des édifices désaffectés au sud de la ville. Ils avaient par contre planifié de reprendre ensemble le train, le lendemain soir. Ils s'étaient dit: «À demain!» et s'étaient embrassés sur la joue.

Pascale arriva chez sa sœur un peu plus tard que prévu et ce fut le copain de Stéphanie qui lui ouvrit la porte. Il se présenta: «James Aubry», et proposa de l'accompagner au concert car leur musicienne était déjà sur les lieux.

Le matin suivant, elles déjeunèrent ensemble. James était encore couché. Pascale ne parla pas de Michel. Seulement, elle annonça qu'elle écourtait son voyage et retournait à Montréal dans la soirée. Stéphanie fut un peu déçue. «Alors, lança-t-elle, allons nous promener! Tu me parleras de toi.»

Elles prirent le subway jusqu'au High Parc et marchèrent dans les allées de gravier un peu à l'aveuglette, bifurquant ici et là, comme pour se faire sentir l'une à l'autre que le temps était une illusion qui ne les touchait pas.

Elles s'assirent sur le bord du lac les pieds dans l'eau et battirent des jambes, s'arrosant généreusement. Un policier arriva, venu de nulle part, et commença à rédiger une contravention pour «obscénité publique». Pascale se roula par terre et Stéphanie, embarrassée, suppliait l'agent de les excuser et lui promettait de ne plus recommencer et de partir sur-le-champ et de ne jamais revenir. Le policier accepta mais lança tout de même un regard foudroyant à Pascale qui décollait son t-shirt littéralement moulé à ses seins. Stéphanie s'était recouverte de son pull, rouge de la tête aux pieds.

En sortant du parc, Pascale acheta deux glaces, à la pistache pour elle et à la fraise pour sa sœur, à une fille sur son triporteur.

Stéphanie, après avoir bien sermonné sa sœur, parla de musique et de James qu'elle avait rencontré chez des amis.

Pascale venait de terminer, de son côté, son mémoire de philosophie et l'avait déposé depuis une quinzaine de jours. De tout l'après-midi, elle n'avait pas pensé à Michel.

Ce n'est qu'à l'heure du souper qu'elle en glissa un mot à Stéphanie. Elles étaient assises très près l'une de l'autre, leurs genoux se touchant, Pascale sur le lit, Stéphanie sur une chaise. Elles murmuraient presque, se répondaient par des petites phrases entrecoupées de gestes de la main, de la tête, de sourires où elles dévoilaient des dents qui mordaient délicatement la lèvre inférieure.

Pascale prit un taxi vers 19 h 00 pour la gare. La chaleur était écrasante et l'atmosphère très humide. La voiture s'arrêta souvent, ralentie par les nombreux bouchons de la circulation. Les piétons sur les trottoirs, habillés de vêtements légers aux couleurs fluides et claires, semblaient s'agglutiner dans une marche routinière. Le chauffeur klaxonna à plusieurs reprises, n'obtenant jamais de réaction, sinon celle d'impatienter davantage Pascale cachée derrière ses verres fumés.

* * *

ELLE VENAIT DE LIRE QUELQUES PAGES DU SECOND LIVRE, CELUI QUI ÉTAIT EN ÉQUILIBRE SUR UNE TABLETTE. IL AVAIT DONC FALLU L'ACHETER PAR ACCIDENT POUR LE DÉCOUVRIR. C'ÉTAIT LE GENRE DE ROMAN OÙ L'ON DEVAIT PROCÉDER AVEC ORDRE ET RESTREINDRE LA LECTURE POUR FAIRE DURER LE PLAISIR. UNE LECTURE TELLEMENT ESPACÉE QU'ELLE DEVAIT ÊTRE REPRISE SANS CESSE CAR ON OUBLIAIT, AVEC LE TEMPS, LE FIL DE L'HISTOIRE.

MAIS CE LIVRE ACHETÉ PAR MÉGARDE, PASCALE LE RANGERA POUR REVENIR À CELUI PROPOSÉ PAR MICHEL QU'ELLE TERMINERA EN QUELQUES HEURES.

Tanya s'est levée et s'est approchée du canapé. Elle est tout engourdie par le sommeil et tient Septembre dans ses bras. La chatte noire, câline, ronronne. Pascale comprend qu'elle a dû mal refermer la porte de la chambre. La chatte se sera glissée dans le lit et aura réveillé la petite.

Pascale attire Tanya contre elle. Septembre saute par terre et va se coucher sur le plancher. Elle parle à sa fille d'une voix feutrée pour ne pas l'éveiller complètement, elle la reconduit à sa chambre et reprend la berceuse chantonnée plus tôt. C'est un récit fantastique, mis en chanson par un inconnu, qui décrit les aventures d'une petite fille qu'un oiseau mystérieux sauve d'un naufrage en pleine mer. Tanya s'est rendormie comme l'enfant qu'elle est; Pascale retourne à sa lecture.

LE ROMAN DÉCRIVAIT LA RUPTURE D'UN COUPLE. TOUT EN LISANT LE LIVRE, ET POUR UNE FOIS, PASCALE EUT L'IMPRESSION QU'IL N'Y AVAIT PAS UN MOT DE TROP DANS LE TEXTE. ENTRE LES DEUX RÉPLIQUES, CELLE DU DÉBUT ET CELLE DE LA FIN DU ROMAN, LE PERSONNAGE FÉMININ TROUVAIT TOUTE SA PLÉNITUDE. COMPRENDRE, UNE FOIS POUR TOUTES, QUE L'AUTRE N'ÉTAIT QU'UNE RÉFÉRENCE ET NON PAS LE SENS DE NOTRE VIE, ET QUE SON DÉPART OU SA DISPARITION, SI ELLE NOUS AFFECTAIT ANORMALE-MENT, NE DÉMONTRAIT SOMME TOUTE QUE NOTRE INCAPACITÉ À JUSTIFIER NOTRE PROPRE RAISON D'ÊTRE.

Redevenir forte. Oublier et recommencer. Oui, cela était bien une possibilité. Mais quel effort exigé. Et pour quel résultat? Encore de l'inconnu. L'avenir n'est pas une terre ferme. Pourquoi ne pas se réfugier et se cloîtrer dans une chambre immaculée avec ses passions et ses ombres?

Elle hésite à se servir un énième café. Déjà qu'elle aura de la difficulté à s'endormir et devra prendre un somnifère. Un jus est plus conseillé.

* * *

LE WAGON EST ÉCLAIRÉ PAR DES NÉONS AU PLAFOND, TOUT LE LONG DE L'ALLÉE. ELLE CHERCHE MACHINALEMENT DES YEUX UN SIÈGE LIBRE. CHANCEUSE, ELLE TROUVE UNE PLACE DANS LA SECTION FUMEUR. DEBOUT, ELLE GLISSE SON SAC DANS LA CASE AU-DESSUS DES BANCS, REFERME LE TOUT ET SE CALE CONFORTABLEMENT DANS LE FAUTEUIL INCLINÉ AU MAXIMUM.

LE TRAIN BOUGE, LES LUMIÈRES S'AFFAIBLISSENT PROGRESSIVE-MENT POUR LAISSER PLACE AUX VEILLEUSES. PASCALE REGARDE LE

PLAFOND UNIFORME RECOUVERT D'UNE MATIÈRE EN PLASTIQUE BEIGE. LE TRAIN PREND DE LA VITESSE, LA BANLIEUE DÉFILE DANS LA SOIRÉE OPAQUE.

UN PASSAGER DEMANDE SI LA PLACE À CÔTÉ DE PASCALE EST LIBRE. ELLE LE REGARDE: JEUNE, PEUT-ÊTRE DIX-NEUF ANS! BIEN HABILLÉ, AVEC UN PULL, ET GRAND. ELLE LUI FAIT SIGNE QU'IL PEUT S'ASSEOIR. ILS NE SE PARLERONT PLUS DU VOYAGE. À L'ARRIVÉE, IL LUI DIRA BONJOUR ET S'ÉLOIGNERA AVEC SON BAGAGE. POUR CE QUI EST DE MAINTENANT, IL SORT UN LIVRE D'ALGÈBRE ET S'Y PLONGE.

LES MINUTES S'ÉGRÈNENT ET LA NUIT S'INSTALLE COMME PAR DÉFINITION PUISQU'IL FAIT DÉJÀ NOIR DEPUIS QUELQUES HEURES. PASCALE EST TOUJOURS ÉTENDUE SUR LE BANC INCLINÉ. SES CHEVEUX SONT ÉTALÉS SUR SES ÉPAULES. ELLE GRILLE UNE WINSTON, MARQUE QU'ELLE AVAIT ADOPTÉE LORS DE NOTRE VOYAGE À NEW YORK.

TOUJOURS LA FUMÉE MONTE OSTENSIBLEMENT VERS NULLE PART, LÉGÈRE ET FOLÂTRE. LE GESTE, L'ATTITUDE, ENFIN, UNE CERTAINE ATTITUDE DU FUMEUR SÉDUIT BON GRÉ MAL GRÉ, UNE ATTITUDE QUE L'ON RETROUVE PARFOIS DANS LES VIEUX FILMS AMÉRICAINS ET CERTAINS PLUS RÉCENTS. ON FUME PAR HABITUDE, PAR PLAISIR, PAR ESTHÉTIQUE OU POUR PASSER LE TEMPS, ET C'EST LE CAS DE PASCALE AVEC SA CIGARETTE: FUMER EN ATTENDANT QUE LE SOMMEIL LA DÉLIVRE DU PRÉSENT.

PLUS AUCUNE LUMIÈRE À L'EXTÉRIEUR, NUL SIGNE DE CIVILISA-TION ET DE VIE À PART DANS CE TRAIN OÙ, RAREMENT, UN VOYAGEUR SE LÈVE POUR SE RENDRE À L'AUTRE BOUT DU WAGON ET REVENIR SE RASSEOIR. C'EST COMME UNE LONGUE PROCESSION RÉCONFORTANTE AVEC SES MURS SOLIDES, NE S'ARRÊTANT AUX DESTINATIONS QUE POUR Y REPARTIR LE PLUS VITE POSSIBLE, FUYANT EN UNE MASSE COMPACTE, SE DÉPLAÇANT SANS CESSE, FAISANT DES PASSAGERS, POUR LE TEMPS DU TRAJET, DES ÊTRES CONTINGENTS.

PASCALE FERME LES YEUX SANS S'ENDORMIR. ÇA VIENDRA. EN ATTENDANT, ELLE FUME ET PENSE À N'IMPORTE QUOI. LE JEUNE HOMME À CÔTÉ D'ELLE DORT, LUI, DEPUIS UN BON MOMENT. TORONTO EST DÉJÀ LOIN DERRIÈRE, STÉPHANIE ET MICHEL AUSSI.

Lorsqu'elle arriva à la gare, elle ne trouva pas Michel à l'endroit fixé. Elle l'attendit, assise sur un des longs bancs. Il ne se présentait toujours pas et le départ du train approchait. Elle s'aperçut alors que ce n'était pas lui qu'elle espérait, mais que quelque chose se produise pour la libérer de son indolence, de son incapacité à décider par elle-même de se lever et d'aller prendre son train.

Surgit alors une voix dans les haut-parleurs qui l'invita à se présenter au comptoir des renseignements. La préposée lui remit un télégramme:

«Désolé travail supplémentaire stop se revoit à Montréal cette semaine stop me téléphoner au 526-... stop Michel.»

Bien sûr, elle aurait pu rappeler sa sœur et prolonger son séjour à Toronto. Oui, c'était une possibilité, mais elle s'engouffra dans les escaliers souterrains et marcha en direction du quai numéro 12. Le contrôleur vérifia son billet et lui indiqua la voiture correspondante.

MAINTENANT, PASCALE A TROUVÉ LE SOMMEIL. ELLE ARRIVERA À MONTRÉAL DANS DEUX HEURES. VERS LE MILIEU DE LA SEMAINE, ELLE TÉLÉPHONERA À MICHEL ET ILS SE RENCONTRERONT DANS UN RESTAURANT DU CENTRE-VILLE. ILS FERONT L'AMOUR LE SOIR MÊME, LE LENDEMAIN ET LES JOURS SUIVANTS.

À PEINE TROIS SEMAINES S'ÉCOULERONT ET DÉJÀ ILS LOUERONT UN APPARTEMENT RUE DE LA VISITATION.

* * *

Pascale s'inscrivit en philosophie pour la séduction que le mot exerçait sur son imagination et sur celle des autres. Comment dire?... Certains sont fascinés par des gestes ou des corps; Pascale elle, l'était par la métaphysique.

Voici ce que Michel de Ghelderode pensait du fondement du sens de l'existence: «Derrière tout cela [la vie], il y avait quelqu'un que j'ai cherché longtemps sans le voir jamais [...] Je cherchais, je cherchais, et vraiment, j'ai cru qu'un hasard terrible mouvait seul les ficelles des poupées [les hommes...] Mais comme naguère, je cherche encore, je cherche toujours celui que nul ne cherche, celui qui actionne les ficelles des poupées, relégué au fond de ses caves de néant; je cherche le Destin – et je ne l'ai pas vu!...»

* * *

L'inspecteur entrera et ira s'asseoir à son bureau. Pascale, regardant toujours par la fenêtre, ne l'aura pas remarqué. Il lui demandera d'une voix neutre s'il ne l'a pas fait trop attendre. Elle se retournera et l'apercevra dans le clair-obscur de la pièce. Homme dans la quarantaine avancée, cheveux très courts, barbe longue, veston noir rayé bleu recouvrant une chemise brune.

— Bon, vous pouvez m'expliquer ce qui s'est passé?

La secrétaire ajustera le ruban dans la sténotype et reproduira la conversation. Pascale allumera une cigarette et déposera son briquet sur le bureau de l'inspecteur. Elle se recalera dans le fauteuil confortable et regardera par la fenêtre.

— C'est moi qui l'ai poussée.

— Pourquoi me le dire?

— Vous me demandez ce qui s'est passé, je vous le dis.

Tour à tour, la secrétaire les observera.

— Dans ce cas, je vous conseille de faire appel à un avocat.

Pascale se retournera vers lui.

— Non!

Ils se tairont. La secrétaire terminera de sténodactylographier les dernières paroles. Pascale écrasera sa cigarette dans le cendrier, en prendra une autre et en offrira une à l'inspecteur qui acceptera. Il l'allumera. Elle regardera dans la pièce.

— Alors, pourquoi l'avoir poussée?

— Je ne sais pas.

Pascale laissera s'échapper la fumée de sa bouche qui fera écran entre elle et l'inspecteur.

— Je ne sais pas...

* * *

Troisième cycle

Déjà ils reprenaient l'avion du retour. Pascale dormait, Michel buvait un gin sur glace en feuilletant une revue d'actualité. Par les hublots, s'étendait, immense, l'océan bleu.

Ils avaient débarqué dans un studio prêté par un collègue de Michel, dans le quinzième arrondissement. L'espace était exigu pour deux personnes, mais viable pour un séjour temporaire. Michel passait le plus clair de ses journées dans diverses agences à renouveler des contrats pour le bureau. Pascale dormait le plus tard possible, s'allongeait sur le balcon profitant du soleil, ne lisait pas, cassait la croûte au café du coin où elle échangeait des paroles soufflées à l'accent pointu pour essayer de faire comprendre qu'elle préférait un verre de lait au petit déjeuner et non du café.

L'après-midi, elle marchait dans les rues, sans itinéraire, se laissant guider par les feux de signalisation destinés aux piétons. À l'approche d'une station de métro, elle entrait, s'assoyait dans un wagon et sortait trois ou quatre arrêts plus loin. Elle recommençait le manège plusieurs fois et lorsqu'elle était bien perdue, elle se faisait reconduire au studio en taxi. D'autres fois, elle allait faire du «shopping» dans les boutiques, n'achetant jamais rien, ou commandait des «p'tits blancs» dans un bistrot, ou allait voir un film d'action, ou restait dans le studio et regardait la télévision.

Ils se retrouvaient le soir, vers vingt heures, fréquentaient les restaurants de renom en suivant à la lettre les parcours proposés par les guides touristiques, sans se soucier des dépenses ni des qu'en-dira-t-on. En revenant, ils s'arrêtaient dans les boîtes, au hasard, buvaient et dansaient, et se couchaient aux petites heures, épuisés.

Michel se levait tôt, partait au travail. Pascale paressait au lit puis égrenait une autre journée.

Le séjour qui devait durer dix jours fut écourté de quatre. Michel était rappelé à Montréal. Voulait-elle rester?

Non, elle partait avec lui. Or, avant de prendre l'avion, elle tenait absolument à lui montrer la vitrine d'une boutique joliment décorée. On avait disposé autour d'un bar des personnages: une jolie sirène servait une bière à un poète attablé avec d'autres clients; à côté de la porte ouverte, un souteneur menaçait le groupe avec un couteau. L'ambiance burlesque, créée par des projecteurs bleus et verts camouflés dans les tissus du fond de la scène, conférait aux pantins une apparence si réaliste que seule leur immobilité trahissait l'illusion.

Michel avait écouté Pascale lui raconter l'histoire (sur le mensonge) que cette scène illustrait et avait trouvé que le déplacement avait valu le coup. Il termina son gin d'un trait, prit la main de Pascale, jeta un coup d'œil par le hublot mais n'aperçut que le bleu du ciel que traversait le 747.

* * *

Cet avant-midi-là, il avait attendu, les yeux fermés, feignant le sommeil, qu'elle soit sortie de la chambre pour se lever. Il demeura assis sur le rebord du lit plusieurs minutes, observant les rayons du soleil que laissaient filtrer les rideaux mal fermés. Encore somnolent, il attrapa de la main gauche son pantalon traînant sur le plancher. Ne réussissant pas à trouver sa chemise, il s'approcha de la fenêtre et ouvrit les rideaux d'un geste sec.

Il se regarda dans la glace: barbe vieille de deux jours. Il se trouva tout à coup l'air défraîchi, écrasé par le temps. Il rejoignit Pascale dans la cuisine. Une dizaine de minutes s'écoulèrent. Il se tenait debout, muet. Elle le regardait, silencieuse, elle aussi. Tanya dormait paisiblement dans sa chambre.

Michel a parlé, lentement et distinctement, contrairement à son habitude. Il regardait droit devant lui, rien en particulier, un peu comme le faisait Pascale. Il partait. Il partait parce qu'il lui manquait quelque chose et ce quelque chose était ailleurs.

Oui, il avait pris sa décision depuis un certain temps.

Non, il ne savait pas depuis quand au juste. Une semaine ou un an. Peut-être depuis toujours.

Oui, il les aimait encore. Mais il n'était pas heureux.

Elle resta assise, son café commençant à refroidir. Qui obligerait l'autre à continuer la vie commune alors qu'il n'était plus dans le coup? Il se dirigea vers la chambre et déposa quelques affaires dans une valise. Elle aurait voulu lui dire qu'on ne faisait ça que dans les films. Qu'il était trop sérieux avec la vie, mais sa gorge se noua. Ils se regardèrent, inertes et oppressés. Il lui dit qu'il lui laissait tout. Avec leurs économies, elle avait assez d'argent pour... Il espérait qu'elle n'aurait pas de problèmes. Enfin, pas trop.

Elle l'accompagna jusqu'à la porte. Il ne se passait plus rien en elle. Il se retourna et la regarda. Ils étaient déjà des étrangers. Gauchement, il lui glissa dans la main une feuille de papier pliée en quatre. C'était le titre d'un livre. Il aiderait à comprendre. *Nous ne sommes pas dans un film, Michel, ce n'est pas une chanson, notre vie.* Il voulut reprendre le papier mais elle serra le poing.

Sur le perron, il a dit qu'une histoire, lorsqu'elle se termine, n'en est plus une. C'était dommage, mais c'était comme ça. On pouvait résister ou on s'y faisait et on passait à autre chose. *Mais Michel, ne mélange pas la fiction à la vie, il y a une différence. Dans la vie, la douleur est réelle.* Il descendit les marches sans se retourner.

Pascale revint à l'intérieur et s'allongea sur le canapé. Elle était complètement knock-out. Sa main retenait le billet plié en quatre; elle regardait sa main qu'elle serrait et déliait par réflexe, inattentive aux froissements du papier. C'est alors que vous sentez l'impuissance jusque dans vos entrailles, vous voulez en finir et mourir au plus vite, dans la seconde, puisque l'autre est parti avec votre cœur.

* * *

Le hasard est la rencontre, entre autres choses, d'événements imprévisibles. Si Michel n'avait pas laissé Pascale, ou s'il avait attendu une semaine de plus (ou de moins), ou s'il n'était pas allé à Toronto voilà déjà quelques années, ou s'il avait pris un autre train (ou l'avion, l'autobus ou l'automobile), ou que sais-je? Ou, de son côté, si Pascale n'était pas allée voir le concert de Stéphanie, ou si le concert avait été présenté un jour plus tôt ou plus tard, ou si Pascale avait été accompagnée? Si seulement un de ces événements ne s'était pas produit ou s'était déroulé autrement, il n'y aurait probablement pas lieu, ici, d'écrire une seule ligne.

Je me plais à considérer l'Histoire comme une succession de faits divers. Comment peut-il en être autrement? Certains ne font pas les manchettes, d'autres si. Ce fut le cas de Pascale. Elle eut droit à une page entière, avec photographies à l'appui, dans les quotidiens de Montréal et à plusieurs capsules aux nouvelles du soir, entre les annonces d'un marchand de tapis de Rosemont et Pepsi diète. La semaine d'après, on l'avait oubliée, fascinés par des bavardages plus récents.

La vie est un immense théâtre où chacun doit composer avec ses plaisirs et ses angoisses. Sans raison, nous voilà dans une impasse. Puis apparaît une porte qui n'existait pas l'instant précédent. On entre, la porte disparaît comme elle était apparue. On regarde autour de soi, le décor nous semble familier. Sur la chaise qui nous est offerte, on s'assoit. On parle, on rit, on pleure et, finalement, on s'aperçoit que l'on rejoue exactement cette même scène qui nous semblait plus tôt sans issue.

C'est cette impression que Pascale ressent maintenant. Elle est couchée en travers de son lit. Le somnifère avalé depuis une quinzaine de minutes la plonge dans un sommeil de plus en plus lourd. Le livre est terminé. Elle l'a déjà oublié. C'est mieux ainsi puisqu'il ne demeure, somme toute, qu'un livre.

Dans le salon, la fenêtre est restée entrouverte. Le vent tourbillonne dans le corridor et son souffle parcourt le plancher de la chambre jusqu'au visage de Pascale. Dans sa tête, Stéphanie joue du violoncelle. L'instrument se métamorphose, au rythme de la musique, en une ballerine aux membres disproportionnés. La danseuse se change en une marionnette retenue par des ficelles et ressemble de plus en plus à Pascale. Maintenant, il y a plusieurs masques qui apparaissent. Rien que des masques aux visages difformes, nez trop longs, cheveux hirsutes, rires jaunes et noirs. Le pantin qui est manipulé avec disgrâce se perd dans un labyrinthe de miroirs. Et là-haut, tirant les ficelles, une main sans corps lâche sa prise. La poupée est balayée par un vent bleu et culbute contre un miroir qui l'absorbe.

La dormeuse est trop anesthésiée pour s'éveiller. Elle devra attendre le matin pour se hisser hors de l'aquarium que la main remue violemment.

* * *

Alors qu'ils revenaient de leur maison de campagne, les parents de Pascale et de Stéphanie eurent un accident d'automobile. Ce n'est que le lendemain qu'ils furent trouvés par un cultivateur d'un village avoisinant. La voiture avait fait une embardée par-dessus le garde-fou et s'était écrasée dans le fond d'un ravin. Quand les ambulanciers arrivèrent, ils ne purent que constater la mort des deux passagers.

Pascale avait dix-neuf ans à l'époque. Les funérailles se déroulèrent simplement, dans une église de Québec. Les deux sœurs étaient habillées en noir: robe, souliers, gants et voilette attachée au chapeau. Côte à côte, au premier banc, elles entendaient les litanies susurrées par le prêtre, répétées par la foule, sans parvenir à y participer, ne versant aucune larme.

Les porteurs entourèrent le cercueil et entamèrent la marche dans l'allée et tous se levèrent à son passage. Le corbillard attendait à l'extérieur. Le cortège circula dans quelques rues et prit le chemin du cimetière. Elles étaient assises à l'arrière dans la première des nombreuses voitures fournies par le gouvernement du Canada.

Le convoi s'arrêta au chemin de terre, près de la grille d'entrée, et le groupe marcha jusqu'à la concession familiale. Pascale, en sortant de la voiture, prit une mauvaise direction. Sa sœur s'empressa de la rejoindre et la guida en lui tenant le bras.

À l'époque, la coutume dictait encore que l'on assiste à la mise en terre du corps. Le prêtre murmura une prière et déclina les services rendus par le couple à la nation. On invita Pascale à jeter la première poignée de terre. Les gens partirent, rejoignant les voitures.

Ni l'une ni l'autre n'alla à la réception organisée par les familles. Elles se firent déposer devant un petit café dans le quartier latin.

Dans les semaines qui suivirent, Pascale laisserait ses études en arts, déménagerait à Montréal et s'inscrirait en philosophie; Stéphanie irait à Toronto pour étudier la musique. Une manière de briser définitivement les liens avec le passé et de couper court avec les souvenirs.

Pascale écrira une lette à sa sœur où elle tentera d'expliquer son comportement lors des funérailles. Peut-être un effort, la lettre, pour faire pardonner son attitude étonnante? Du reste, elle n'arrivera pas à s'exprimer clairement et conclura par «Il faut croire que les contradictions font partie de l'ordre des choses!»

* * *

Bon! Voici que Pascale se lève et se dirige vers la bibliothèque. Elle empoigne le drap, le laisse glisser par terre et tend la main pour saisir un livre.

Du pouce, elle fait tourner les pages à plusieurs reprises et s'arrête sur un passage souligné au feutre jaune: «Ce qui est triste dans toute cette histoire, mariage ou pas, chagrin d'amour ou pas, c'est qu'il n'y a peut-être jamais rien à regretter.»

Elle tend la main pour saisir un livre, mais hésite un instant, se rappelle qu'elle avait cessé de lire. Elle hésite toujours. Le temps de comprendre qu'elle a lu tout un livre aujourd'hui. Qu'elle est face à la bibliothèque, prête à retirer un autre livre, le drap rouge vin étendu à ses pieds. Elle pense qu'elle n'avait plus lu depuis l'apparition de Michel. Oui, elle n'avait plus lu. Comme ça, clic! Comme on ferme le téléviseur avant de se coucher.

Il y a beaucoup de livres dans sa bibliothèque, cinq ou six cents. Des livres de philosophie, mais des romans surtout. Et bien relié, inséré entre deux bouquins, son mémoire.

Lorsqu'elle l'écrivit, à la dernière minute, elle joua le tout pour le tout et improvisa un plan de la même manière que l'on griffonne une liste d'épicerie. Elle imagina une problématique en s'inspirant d'une thèse métaphysique de Casanova: «Tout être dont on ne pouvait avoir qu'une idée abstraite ne pouvait exister qu'arbitrairement.» Et quoi de plus arbitraire que la condition humaine? Les pièces de théâtre de Ghelderode à l'appui, avec une moyenne de cinq pages par jour, un peu moins de trente jours avaient suffi pour le terminer.

En voici un passage:

«C'est en s'attardant sur cette légère transposition de l'être ou du paraître authentique que l'on peut noter, non sans ironie, que la différence entre l'Être et le Paraître s'évanouit car, pour dire vrai, l'effort investi dans le paraître pour qu'il imite l'être est au moins équivalent à celui engagé dans l'être pour qu'il se déploie. D'un côté comme de l'autre, moralement parlant, nous restons irrémédiablement seuls avec notre conscience. C'est un solipsisme, une solitude éternelle.»

* * *

Ils se marièrent pour l'enfant; Pascale était enceinte. La cérémonie fut très simple, civile, avec deux témoins: un collègue de Michel, Dominique, et Stéphanie, et trois invités, dont moi-même. Nous nous rejoignîmes au palais de justice et attendîmes dans l'antichambre, fumant cigarette sur cigarette, marchant de long en large, jusqu'à ce que le préposé nous introduise dans la salle d'office.

Le juge, plutôt sympathique, débita son discours à la hâte, lorgné par un futur collègue en apprentissage. Je prenais des photographies de temps en temps, souriant du trop sérieux des formules de droit. Trois quatre signatures et la parade se termina enfin. Le juge descendit de son estrade et félicita les nouveaux mariés.

Notre petit groupe prit le chemin du retour, agglutiné dans la même voiture. Nous portâmes, à l'appartement, plusieurs toasts à l'avenir, à l'éternité, à l'amour, etc. Le collègue de Michel s'offrit pour reconduire Stéphanie à la gare. Elle repartait pour Toronto. Moi, j'accompagnai les nouveaux mariés à l'aéroport.

* * *

ELLE SE LEVA À ONZE HEURES. CHEVEUX EN BROUSSAILLE, LA BOUCHE PÂTEUSE, ELLE SE DIRIGEA, TITUBANTE, VERS LA SALLE DE BAINS OÙ ELLE S'EMPRESSA DE PRENDRE UNE DOUCHE FROIDE. EN SORTANT, ELLE APERÇUT TANYA ASSISE DANS LE CADRE DE LA PORTE DE LA CUISINE, LES PIEDS SUR LE BALCON. ELLE S'APPROCHA ET S'ACCROUPIT À SES CÔTÉS. ELLE LA SERRA CONTRE SON ÉPAULE.

BERÇANT LA PETITE DANS LE HAMAC, ELLE SE DIT QU'ELLE NE LAISSERAIT PLUS PERSONNE INTERVENIR DANS SON MONDE. ELLE IMAGINA ALORS QUE RIEN NE S'ÉTAIT PASSÉ. MICHEL N'AVAIT JAMAIS EXISTÉ OU, PLUTÔT SI, MAIS D'UNE AUTRE FAÇON. ILS N'ÉTAIENT PAS MARIÉS ET N'ÉTAIENT JAMAIS RESTÉS ENSEMBLE. ILS SE SONT CONNUS, OUI, AUTREFOIS, ET ILS SE VOYAIENT TRÈS RAREMENT, PARLANT DE CHOSES ET D'AUTRES, MAL À L'AISE SOUVENT, SANS PLUS, ET ILS NE SE TÉLÉPHONAIENT JAMAIS. LA VIE N'ÉTAIT, QUANT À ELLE, QU'UNE IMMENSE MOQUERIE, UN JEU ABSURDE.

IL N'Y AVAIT AUCUN COMPTE À REFAIRE, AUCUNE DÉCISION À PRENDRE. PAS D'ANGOISSE OU DE RÉVOLTE. ELLE N'AVAIT PAS

LU UN LIVRE DE LA JOURNÉE HIER, N'AVAIT PRIS AUCUN SOMNIFÈRE POUR DORMIR ET, ENCORE MOINS, N'AVAIT FAIT DE VAGUES CAUCHE-MARS.

ELLE PENSA QU'ELLE ÉTAIT SEULE, ET TANYA POUVAIT AUSSI BIEN ÊTRE LA FILLE OU LA PETITE FILLE DE LA VOISINE D'À CÔTÉ QUE PASCALE GARDAIT DEPUIS QUELQUES JOURS. DANS L'APRÈS-MIDI, ELLE L'EMMÈNERAIT MARCHER DANS LE PARC LAFONTAINE.

BIEN SÛR, IL FERAIT SOLEIL, C'EST OBLIGÉ. ELLE VOIT TRÈS BIEN COMMENT CELA SE PASSERAIT: MAIN DANS LA MAIN, ELLES REMON-TERAIENT LA RUE DE LA VISITATION. TANYA PORTERAIT UN CHAN-DAIL DE COTON ET UN PANTALON DE TOILE GRIS ROULÉ AUX CHEVILLES. PASCALE AURAIT SES LEVIS ET UNE CHEMISE DE LAINE DÉBOUTONNÉE AU COLLET, QUI LAISSERAIT VOIR UN FOULARD AUX MOTIFS IMPRIMÉS GRIS ET VERT. «BEAU PETIT COUPLE, CHANTERAIT-ELLE À SA FILLE, QUI VA SON CHEMIN FAISANT, BEAU PETIT COUPLE...»

La circulation est dense rue Sherbrooke, comme toujours, et elles doivent attendre plusieurs minutes avant de traverser. Il y a peu de gens, par contre, dans le parc. Elles s'arrêtent devant le lac artificiel et regardent les mouettes sur l'eau. Elles prennent l'allée qui contourne le bassin. Deux vieilles dames assises sur un banc parlent d'une transaction à propos de leur immeuble. Elles font «coucou» à Tanya qui sourit à Pascale qui sourit aux vieilles dames.

Elle laisse glisser les larmes le long de ses joues. La petite lui demande pourquoi elle pleure. «Pour rien, lui répond Pascale, pour rien.» Elle lui dit ensuite qu'elle l'aime beau-coup, plus que tout au monde, mais que la vie est la vie. Elle dit encore qu'elle devra partir bientôt. Tanya lui demande: «Où? Pourquoi? Avec Michel? Et moi?» Pascale parle douce-ment, étouffée par un sanglot. Elle s'en va seule pour toujours. Elle montre l'eau à sa fille et lui dit que l'eau aussi est un genre de voyage. L'eau mène partout. Elle fait même des miracles, parfois, à ce qu'on dit.

ELLE DEMANDA À TANYA DE S'APPROCHER PLUS PRÈS, ENCORE PLUS PRÈS SINON ELLE NE VERRAIT PAS SON IMAGE DANS L'EAU.

PASCALE RÉPÉTA QU'ELLES S'AIMAIENT FORT, QUE C'ÉTAIT POUR CELA QU'ELLE LUI MONTRAIT L'EAU, QUE C'ÉTAIT LA SEULE SOLUTION, QU'ELLE N'EN VOYAIT PAS D'AUTRE.

Elle sait très bien comment cela se passera: elle approchera Tanya de l'eau, encore plus près en lui disant de ne pas avoir peur, «je suis là, chérie, regarde, tu vois...», et elle la poussera.

Aux Assises criminelles, peut-être six mois plus tard. Il y aura le juge, les avocats, les journalistes, les badauds, et une jeune femme accusée de la noyade de sa fille unique. Quand on lui demandera de s'exprimer, elle s'effondrera.

* * *

Après plusieurs tentatives infructueuses, je reçus enfin l'autorisation de visiter Pascale à l'asile, comme on dit couramment. Je la rencontrai dans le parloir. Nous n'avons pas dit un mot, nous nous contentâmes de nous regarder. Je ne sais pas si elle me reconnut et, pour dire vrai, j'en doute beaucoup.

Elle était toujours aussi belle avec ses épais cheveux roux tirant sur le châtain. Son visage, par contre, paraissait plus blanc qu'autrefois et son attitude plus résignée. Elle avait maigri, aussi. Je ne pouvais me résoudre à la croire folle en dépit de son apathie que je mis sur le compte de fortes doses de médicaments.

Je sonnai pour appeler la garde et mettre fin à ma visite. Pascale se leva à l'arrivée de la femme. Celle-ci s'approcha de moi et me dit de ne pas trop m'en faire. M'avait-elle confondu avec un autre? Elle parla de patience, me décrivit la vie dans le pavillon qui valait beaucoup mieux que... Elle se tut et reprit. Ici, elle était en sécurité, à l'abri du monde, dans son monde à elle. Il fallait l'imaginer heureuse.

Je pris congé de la garde en m'empêtrant dans les mots. Puis je regardai une dernière fois Pascale. Durant un court instant, il m'a semblé voir couler une larme sur sa joue, mais elle se retourna...

Achevé d'imprimer en octobre 1997
sur les presses de Veilleux Impression à Demande inc.
Boucherville, Québec